KB003648

서투른 곡예사

황금알 시인선 270

서투른 곡예사

초판발행일 | 2023년 7월 31일

지은이 | 김병택
펴낸곳 | 도서출판 황금알
펴낸이 | 金永馥
주간 | 김영탁
편집실장 | 조경숙
표지디자인 | 칼라박스
주소 | 03088 서울시 종로구 이화장2길 29-3, 104호(동숭동)
전화 | 02)2275-9171
팩스 | 02)2275-9172
이메일 | tibet21@hanmail.net
홈페이지 | http://goldegg21.com
출판등록 | 2003년 03월 26일(제300-2003-230호)

값은 뒤표지에 있습니다.
ISBN 979-11-6815-054-6-03810

서투른 곡예사

김병택 시집

황금알

| 시인의 말 |

시집 『벌목장에서』를 발간한 이후부터 최근까지 여러 매체에 발표한 시들과 틈틈이 써서 서랍에 넣어 둔 시들을 꺼내 한데 모았다.

세상의 어느 시집에서도 완벽한 시를 읽을 수는 없었다. 다만 그런 시를 쓰려는 시인의 노력이 숨 쉬고 있을 뿐이었다.

2023년 유월

김병택

차 례

1부

2부

3부

4부

1부

달

높이 떠 있으면서 속속들이
사람들의 그리움을 품은 뒤
늘 구름과 함께 돌아다니는
내 일상의 구석까지 스며든다

애써 곰곰이 과거를 되살리면
수평선을 넘으려던 내 꿈을
막은 이유도 확인할 수 있으리라

나를 가만히 쳐다보는 밤에는
고향 마을의 숲을 가로지르며
새들과 함께 부르던 옛 노래가
긴 음파에 실려 내 귀에 들려온다

사방이 거칠게, 크게 흔들려도
휘황하게 뜬 밤하늘에서는
어두운 흔적을 찾을 수가 없다

쉼 없이 하루 내내 별빛 부근

먼 곳에 있는 듯하지만 실제론
나와 아주 가까운 곳에 있다

멀구슬나무의 희망

지금 막 도착한 집 마당에 서서

작은 잎들이 녹색 물결을 이루는
키가 큰 멀구슬나무를 바라본다

아침마다 집을 나서며 무엇인가를
결심하는 젊은이와 영락없이 닮았다

언제나 하늘을 향해 크게 손짓하는
꼭대기의 무질서한 줄기들도
시간과 함께 자란 것임은 확실하다

차가운 겨울 공기가 감도는 날에도
아파트 베란다에 서서 웃고 있는
아담하고 화사한 몸짓의 부잣집
관목들과는 아주 많이 다르다

비 내리는 날의 예고 없는 소음을
길고 긴 밤의 사막과 같은 고요를

좀처럼 두려워하지 않는다

보고 들은, 가문의 영욕에 대해
함부로 아는 체하는 일이 결코 없다

멍들면서, 때로 반짝이면서
역사는 갑과 을의 교집합 속에 있다는
명백한 사실조차 모르는 척하기 일쑤다

멀구슬나무는 모든 것을 멀리하고
한 그루 키 큰 나무로만 남고자 한다

밤의 달맞이꽃

바람이 초가집 주위를 휘돌 때
몸을 움츠리던 달맞이꽃이
밤의 색깔을 가르며 꽃을 피웠다

하늘을 향해 일미터 높이로 서서
둥근 모양으로 쌓인 노란색의 외로움을
오랜 시간 곱씹는 게 자주 보였다

때론 세상을 인내하는 사람의 자세로
서늘한 밤의 파수꾼이 되기도 했지만
돌방아 속의 곡식보다 더 거친 삶을
좀처럼 잊지 못하는 기색이었다

따뜻한 달빛 풍성하게 내리는 날
내가 웃는 얼굴로 슬며시 다가가면
지난 일 묻고 이야기할 수 있을까

일하는 시간이 모자라 겨우
밤이 되어서야 달을 보며 숨을 고르시던

정미년생 내 어머니를 닮은 꽃
누가 볼세라 다소곳이 피어 있는 꽃

녹나무 가지

4월이 조용한 걸음으로 다가올 때마다
고향 마을 어귀에 서 있던 녹나무 가지는
크기와 모양이 바뀌었다

무고한 마을 사람들이 허망하게 쓰러질 때는
쏟아질 우박을 피해 이미 휘어진 가지를
더욱더 아래로, 아래로 늘어뜨렸다

거무스름한 모양으로 공중에 떠 있다가
사람과 사람의 틈 사이를 비집고 들어와
푸른 바람을 끊임없이 불어 넣었다

천둥 치는 날에도 주어진 사명에 따라
온종일 마을 지키는 일에 열심이었다

마주하기 드문 아침

전신주에 안개구름 드리운 아침
구불구불한 동네 길을 걷다가
어느 집 담장 아래에서 웃고 있는
피튜니아를 만났다

내 옆으로 슬며시 다가오는 붉은빛의
연한 향기가 머리 주위를 배회하는
근심들을 조금씩 거두어들였다

청자색 하늘이 높은 아침, 아직도
남아 있는 밤의 그림자를 지우며
동네 길을 걷다가 내게 달려오는
금빛 햇살의 무리와 마주쳤다

불볕 낮이 찾아오기 전 문득 돌아본
아침에서는 둥근 다발의 무채색 바람이
빠르게 이동하는 게 보였다

마주하기 드문 아침이었다

조팝나무 꽃잎의 내력

넓은 공원 구석의 조팝나무는
별처럼 반짝이는 모습으로
조용히 서 있을 때도 있지만

기온이 고르고 맑은 날이면
침묵하는 다른 나무들 곁에서
하얀 꽃잎을 터트리기도 한다

꽃잎의 내력을 조금 아는 사람들은
뿌리 내릴 때의 기억들을 함께 모아
그럴듯하게 과거를 만들어내고

바람이 수시로 세게 불 때는
파르르 떨었던 이웃들의 모습을
인내하기 어려웠던 많은 일들을
재앙과도 같았던 날들의 울음을
들판의 수숫대와 함께 떠올린다

전쟁을 잊지 못하는 사람들은

겪었던 일들이 지워지지 않아서
언제 또 전쟁이 터질지 몰라서
가지에 옹기종기 모인 꽃잎들을
아무렇게나 보아 넘기지 않는다

아침에 내리는 비

어젯밤 꿈속에서 들었던
빗방울 전주곡의 여음이
천지사방에 비가 되어 내린다
아직도 조금 남은 이 아침에

비의 무게에 눌린 바람이
지붕 위에서 잠시 멈추자
나뭇잎들이 잠시 웅성거리고
날아가는 새들도 놀라 몸을 턴다

어떤 풍경은 매우 익숙하지만
다른 어떤 풍경은 참으로 낯설다

그토록 햇빛 강렬했던 어제가
더욱더 선명한 모습으로 떠오른다

다시 바람이 거세게 불고

뒤뜰 대나무밭에서는

새롭게 시작하는 시간의 기호들이
놀잇감을 찾듯 여기저기를
어제 아침처럼 뛰어다닌다

작은 섬

바다에 누운 섬이 하얗게 바뀌었다
바람이 불 때마다 조금씩 흔들렸고
파도의 진폭은 억울한 사람의 생애처럼
고비마다, 마디마다 자주 달랐다
좌초한 영혼이 숨을 쉬고 있는 듯했다

울창한 소나무와 가시나무가 있어도
섬을 둘러싼 외로움은 그대로였다

동물들의 미세한 울음소리가 들렸다

바위로만 이루어진 섬은 아니었다
섬은 수시로 움직이고 분리되었다

새들이 날개를 접으며 날아왔다
섬도 새들처럼 날아 보려 애를 썼지만
새들처럼 움직일 수는 없었다

상처투성이의 꿈들이 널려 있었다

섬을 이루는 흔적들일 터였다

단출한 여정으로 섬을 다녀온 뒤
기대하지 않았던 내겐 작은 섬이 생겼다

저 깊은 가슴의 구석 한자리에

후박나무의 바람

두껍게, 아주 반질반질하게
윤기 흐르는 넓은 잎들 사이를
천천히 지나가는 바람은
늘 감출 수 없는 초록색이다

볼품없이 마른 작은 가지들이
눈앞에서 어지럽게 흔들릴 때
쓸데없이 탁한 소리를 지를 때

그곳으로 자리를 옮긴 큰 가지는
바람의 채찍을 서너 번 휘두르며
자잘한 소란들을 평정시킨다
지금까지 늘 그렇게 해왔듯이

검자주색 구슬 열매 달린
후박나무는 이십 년의 경험으로
이미 잘 알고 있는 듯하다

오래전부터 수목원에서 시작한

바람이 아무도 모르게, 혼자서
붉은 생채기를 치유하고 있음을

흩어지는 저녁

한 떼의 바람이 수채화 가득한
가을 하늘을 가로지른다
작은 새들도 부리에 아침을 문 채
아슬하게 비끼며 날아간다

햇살이 이마에 스며들면서
덩달아 조금씩 오르는 열기가
머리 주위를 느리게 맴돈다

옛날에 겪었던 억압의 파편이
눈앞에서 자주 어른거리지만
지금은 낡은 벽에 붙여야 할
한 장의 스틸 사진에 불과하다

오늘의 정오 기상대는 짐짓
잠시간 햇살을 경험한 것이
커다란 행운이었다고 말한다

이젠, 어둠을 물리쳤던 아침도

성장의 계단을 달리던 오후도
동굴로 돌아갈 준비에 바쁘다

작은 새들이 짧은 신호를 보내고
꽃들도 호응하며 잎들을 움츠린다

홀로 흩어지는 저녁을 바라본다

엎드린 자세로 가을이

엎드린 자세로 가을이 다가왔다
천천히 마음을 가다듬는 이 시간에

여름의 흔적을 지우는 풀벌레 소리
긴 바람이 일으키는 물결 소리가
꿈속의 노래처럼 아득하게 들렸다

공중으로 높이 솟아올라 흔들리는
여린 가지의 나뭇잎들 사이로
미끄러지듯 날아가는 작은 새들의
몸짓을 오랫동안 바라보았다

맥박이 멈출 때마다 출렁거리는
바다 위 다리에 서서 붙잡았다

시간의 한복판을 수시로 넘나들며
내 일상의 색깔을 조종하는 이 가을을

우리의 단풍놀이

이곳저곳으로 구르는 산새 소리가
숲속의 정적을 깨트리고 있었다

산 중턱에 머물고 있던 가을이
잠시 머뭇거리다가 마침내 결심한 듯
우리의 손을 잡아끌고
단풍의 바다로 뛰어들었다

몇몇 젊은이가 산을 오르다가
단풍의 바다에서 헤엄치고 있는
우리를 손으로 가리키며 웃었다

한쪽에서는 초록색의 다른 가을들이
병풍처럼 일렬횡대로 늘어서서
우리를 호위하고 있는 게 보였다

두 가을을 다 붙잡았다

여름의 회색 잔해를 지우는
풀벌레 소리에 이끌려
혼자 시골길을 걷다가
기억의 창에 어른거리는
어릴 적 친구를 만났을 때

얇은 물결을 비껴가는 새들이
몸짓을 짧게 바로 잡으며
높은 하늘로 치솟아 오를 때

두 얼굴의 가을이 다가왔다

얼마 전부터, 산사山寺 처마 밑
풍경 소리에 들뜬 가을도

수목원 나뭇가지 사이에서
조용히 숨죽이고 있는 가을도

결국, 한낱 부질없는 시간에

지나지 않을 터이기는 하지만

나는 두 가을을 다 붙잡았다
지난해보다 더 반가운 몸짓으로

밤바다 물결은

밤바다 물결은 쏟아지는 달빛을
잘게 자르며 저렇게 반짝였고
겨울밤의 차가운 공기는
머릿속의 검은 기억을 일깨웠다

달빛이 비끼는 밤바다는 암흑이었다
물결치는 소리만 아득히 들렸다
구름이 달빛을 가렸고
사위는 온통 암흑으로 가득했다

여린 유년 시절의 밤바다는
오랫동안 움직이지 않았다
어선도, 어선 속의 어부들도
한결같이 그림 같았다
물새들도 그냥 앉아 있기만 했다

어두운 탓만은 아닐 터였다

숨죽이던 소년 시절의 밤바다는

작은 물결로 웅성거리며
천천히 지나가는 여객선의
불빛에 맞추어 황홀하게 움직였다
밤바다는 꿈의 물결로 넘쳐났고
그때마다 상처 입은 꿈은 즉시
새로운 꿈으로 교체되었다

노년에도, 밤바다 물결은
살아 반짝일 수 있을 것인가

겨울 수목원

사람들이 서로 속삭이는 소리도
내가 끌고 온 하늘도 얼어붙는다
하늘에 회색 공기 흐르고
여기저기를 가로지르던 새들은
서둘러 숲속으로 날아가 숨는다

메마른 가지들이 자주 흔들린다
산책 나온 젊은 남녀 한 쌍이
작정한 듯 발걸음을 돌린다

내 상념의 절반은 이미 파괴되어
더 이상 거두어들일 수가 없다
둥치에 숨은 미물들의 아우성도
이제는 조금도 들리지 않는다

소식을 전하는 일도 부질없다
종종거리는 어린이의 작은 발걸음도
구불구불한 산책길에 조금씩 스며들던
우리의 평화도 허용하지 않는다

내년의 겨울 수목원은 달라질 것인가
아마 그렇지는 않으리라
상실은 어김없이 찾아오리니

2부

독경 소리

안개 걷힌 산사山寺 주위에
여리디여린 곡선으로 퍼졌다
서늘하기까지 한 소리에는
철쭉꽃들도 가만히 숨을 죽였다

아침마다 비껴가는 언덕에
아파트 서너 채가 들어섰다
소리가, 부딪치며 싸운 뒤 남은
사람들의 흔적을 거두어 갔다

쉬지 않고 날아다니는 새들과
자주 도약하는 곤충들의 몸짓은
들판 어디에도 있을 테지만
소리와 섞이면 특히 잘 보였다

가슴속에 천천히 심어 놓았다
언덕을 돌며, 서성거리며

등산 소묘

양손을 앞뒤로 흔들며 산을 오른다
민들레가 노란 공기를 뱉고 있다
등에 륙색을 지고 오르는 사람들 사이로
양털 같은 봄바람이 밀려올 때
헐떡이는 가슴 아래로는 통증이 인다
정상이 먼 곳에서 내게 손짓한다
스틱에 의지하며 안간힘을 다해 걷는다
앞서가는 일행이 눈에 또렷이 들어온다
일부러 숨을 크고 길게 몰아쉰다
호흡이 더욱더 거칠어지고 눈앞에는
금방 만들어진 회색 구름이 떠돈다
나무도, 꽃도, 구름도 잘 보이지 않는다
길 위의 흙을 밟는 촉감이 헐겁다
적의를 품고 날카롭게 서 있는 바위들과
무릎을 가로막는 나뭇가지 때문에 어지럽다
걸어야 할 거리가 많이 남아 있는데도
벌써 몸의 붕괴가 시작되고 있는 듯하다

상수리나무 가지에 걸린 햇살이 웃는다

나는 등산과 인생의 사이에 등호를 긋는다

시간에 대한 혼잣말

벽면에 불안하게 정지한 시계를
시계의 검은 그림자를 바라본다

생각과는 달리, 시곗바늘은
시간을 가리키지 않는다
관념의 숫자를 나타낼 뿐

늘 직선이었다고 할 수는 없지만
대체로 시간은 선처럼 길게 흘렀다
과거와 현재와 미래가 그러했다

결국, 내가 겪은 시간의 전개 방식은
흐르는 데서 찾을 수밖에 없었다

나이는 의식하는 시간을 결정했다
젊은이가 의식하는 시간은 느렸고
늙은이가 의식하는 시간은 빨랐다

하루가 끝나는 이 시간까지, 나는
시간에 대한 혼잣말을 계속한다

색다른 안경

얼마 전부터 바뀐 시력 탓에
꼭 보아야 할 것을 보지 못했고
무시로 퍼지는 사방의 빛 때문에
보지 않아도 될 것을 보았다

좋은 영화를 감상하지 못했다거나
영혼이 없는 서사를 읽은 것과
다른 차원의 이야기임은 물론이다

길쭉한 모양의 흔들리는 물체가 자주
눈앞에 아른거리면 혼란스러웠다

내가 선택한 색다른 안경은
신나는 자동 기계 장치처럼
보아야 할 것을 볼 수 있게
보지 말아야 할 것을 볼 수 없게
적절히 눈을 조정해 주었다

색다른 안경은 먼 곳에 있지 않았다
머리와 눈과 가슴에 숨어 있었다

이런 운명론

무거운 공기에 둘러싸인 먼지가
깃발처럼 흔들리다 떨어졌다
우리는 모두 고개를 끄덕였다

저 멀리, 더 높이 날아다니거나
억지로 나직한 목소리를 내며
어느 구석에 자리 잡고 싶었지만
바라는 대로 이루어지지 않았다

시간의 끈이 언제까지 이어질지
아는 사람은 어디에도 없었다
만일 있었다면, 그는 아마 길고 긴
윤회의 생사를 한 번쯤 겪었으리라

오로라 같은 현상은 물론 아니지만
우리를 끌고 가는 힘이 분명히 있음을
깨닫는 데는 세월의 매듭이 필요했다

두 손으로 똑바로 가리키며

대단한 폭군이라고 말하기는 어렵다
하지만 모조리 인정할 것을 강요하는
불온한 강자임은 틀림없어 보였다

날마다 침묵한다

물결 소리에서 파도 소리까지
치닫는 선율의 주법으로

처음엔 가물거리다가
나중엔 커지는 점선의 화법으로

번번이 익숙하기는커녕 늘
낯설고 놀라운 수사의 기법으로

빈터에서 날마다 침묵한다
오로지 시 한 편 세우기 위해

다시 집으로

레일 위를 미끄러지는 금속성 경적이 사라지자 지하철
이 바로 내 발 앞에서 멈춘다 사람들이 우르르 지하철
밖으로 터져 나오고, 그 숫자만큼의 사람들이 지하철 안
으로 구겨진다 오후 세 시의 지하철 안은 조용하다 눈을
감고 있는 사람들의 얼굴에는 습관적 피로가 묻어 있다
창 너머로는 허약하고 얕은 건물이, 술 권하는 광고의
남자 배우가 빠르게 지나간다 지하철이 터널로 들어설
때는 먼지를 뒤집어쓴 천장의 전등들이 짓누르는 어둠
에 일제히 저항한다

어떤 사람은 가방에서 책을 꺼내지만, 또 다른 어떤
사람은 책을 가방 속으로 밀어 넣는다 아무도 무엇에 대
해 말하지 않고, 어디를 쳐다보지도 않는다 지하철 안의
둥글게 휘어 있는 벽면 틈으로 종착역임을 알리는 여자
아나운서의 음성이 새어 나온다 사람들은 모두 종착역
에서 다시 집으로 돌아갈 준비에 마음이 바쁘다

마음의 안개

구름이 저쪽 산으로 이동하고
아침 안개가 들판 주위로 퍼지면
미처 해결하지 못했던 문제들이
쌓인 더미에서 하나씩 튀어나온다

떠나는 사람은 언제나 구름 속에서
머무르는 사람은 안개 속에서 헤맨다
그 모습 더 이상 보고 싶지 않았다면
이곳에 지금까지 살고 있지 않았으리

산 중턱에 자리 잡은 조그만 절터에
사람들의 기원이 얕게 깔려 있어도
뒤따르는 잡념은 이에 아랑곳없이
언제나 평야로, 평야로 줄달음친다

동네 느티나무에 앉아 있던 새들이
느릿느릿 석양 속으로 날아간다
내일도 어디론가 날아갈 것이다

흐린 날, 쉼 없이 길을 걸을 때
수평선 앞에 그냥 서 있을 때
기어코 떨어지는 꽃잎을 바라볼 때

두 손으로는 결코 잡을 수 없는
마음의 안개가 짙어지기 시작한다

이사하는 날

비 오는 날, 날리는 먼지를 피하며
색 바랜 표지의 책들을 상자에 넣다가
색실로 묶은 편지 뭉치를 발견했다
친구를 향한 우정의 기록일 수도
젊은 날의 고백일 수도 있을 터였다

갑자기 온몸 곳곳에 숨어 있던 통증이
슬그머니 일어나 아우성치기 시작했다

편지 쓰던 시간을 되살리기 위해
닫혀 있는 기억의 문을 열어 보았다
믿을 수 없는 기억도 적지 않았으므로
정체를 파악하는 일은 무척 어려웠다

친구에게 길고 긴 편지를 쓰지 말고
정신의 양식이 담긴 책들을 보냈다면
바람직했으리라는 후회가 솟아올랐다

요란하게 굴러오는 바퀴 소리에 뒤이어

이사를 도와줄 사람들이 들이닥쳤다
큰 트럭에다 편지에 대한 상념을
단박에 지우는 걸쭉한 웃음소리를 싣고

오름을 오르내리며

비 갠 오후에 오름을 올랐다
빗방울 품은 잡초가 무성했다
오르는 일이 항상 어려운 것은
꼭 중력 때문만은 아닐 터였다

오름 중간쯤에서 간단한 운동기구
몇 개 널려 있는 쉼터가 눈에 들어왔다

가슴에 쌓인 한을 깨끗이 풀 듯
한 청년이 두 손으로 철봉을 잡고
짧은 다리를 맹렬히 흔들고 있었다

옛날의 내게는, 나무와 대화하며
운동에 전념할 시간 여유가 없었다

오름 정상에서 하늘을 쳐다보았다
굵은 비가 금방 쏟아질 것 같았고
내려올 때의 하늘은 더 흐렸다

일상의 가파른 오름도 탈 없이
오르내릴 수 있으리라는 생각은
헛되고 터무니없는 자만이었다

이제, 오름을 오르내리는 일은
불안정한 공중비행과 다르지 않았다

관습이라는 굴레

보통 이상으로 마음이 편안하고

축복의 휘장이 맴도는 듯한

우리 삶의 이 넓은 공간에

다시는 이동하지 않을 태세로

옛날부터 자리를 잡았다

오랜 관습의 엄청난 무게로

머리끝이 옥죄일 때마다 우리는

수긍하는 척하면서 생각을 바꾼다

좀처럼 벗어나지 못한 이유는

막대자석 같은 생활 속에 숨어 있다

두툼하고 완고한 모습이다

어느 개인의 창작품은 아니다

길고 긴 시간이 그것을 만들었다

내가 열중하는 작업

겨울날 아침, 내게 장작을 패는 일이 주어졌다 뒤뜰에 널브러진 뭉텅한 시간들이 언제든지 함께 찍힐 태세로 기다리고 있는 듯했다 도끼를 잡은 오른손으로 나무토막을 힘껏 내리찍은 뒤 고개를 들었을 때, 나는 저쪽에서 내게로 다가오는 꽤 익숙한 얼굴을 보았다 나는 또 얼어붙은 공기를 헤치며, 팬 장작을 창고로 옮기기 위해 허리를 약간 구부렸다 폈다 하는 동작을 반복하기도 했는데, 그때는 '다른 얼굴'이 바로 내 옆에서 그런 나를 지켜보고 있었다

잠시라도 나와 마주하기를 기대했을 것 같은 '또 다른 얼굴들'에 대해서도 말해야 하리라 그것은 최소한 한 자리를 넘는 숫자였다 내가 패야 할 장작 분량이 엄청났으므로, 나는 다가오는 '또 다른 얼굴들'과 일일이 마주할 수가 없었다 하지만 나는 '또 다른 얼굴들'을 모조리 머릿속에 담아 두었다 얼굴에 대한 관찰이야말로 내가 열중하는 작업이었다

안구건조증

안구건조증이 생기면서 사물의 겉이 흐리게 보였다 나는 그것을 지극히 당연한 일로 받아들였다 그런데 그런 내게 예상치도 못한 놀라운 일이 생겼다 사물의 겉이 여전히 흐리게 보이는 대신 사물의 속은 잘 볼 수 있게 된 것이다

물론 처음에는 사물의 속도 겉처럼 흐리게 보였다 하지만 시간이 어느 정도 지나면서부터는 사물의 속이 잘 보이는 단계에 이르게 되었다 그것은 반드시 인내하는 과정을 거쳐야 마침내 산의 정상에 도달한다는 등산의 이치와 비슷했다

양쪽을 두루 알고 있는 내가 보건대, 사물의 겉과 속은 정반대인 경우가 대부분이었다 범박하게 말하면, 흐리게 보이는 사물의 겉은 거짓을, 잘 보이는 사물의 속은 진실을 각각 숨기고 있었다 나는 이런 사실을 알게 된 것을 커다란 행운으로 여긴다 그리고 앞으로는 사물의 속을 잘 볼 수 있을 뿐만 아니라, 더 나아가 그것을 잘 해석할 수 있게 되기를 열렬히 소망한다 그것은 요즈음의 내게 무엇보다도 필요한 능력이므로

새 안경을 쓰면서부터

고급 안경이 아니어서 그런 걸까
새로 장만한 안경을 쓰면서부터
쓸데없는 사물들이 가끔 보였다

안개 낀 해변을 걷던 중년 사내가
갑자기 새 안경 앞에서 멈추었고

터키의 어느 화산에서 피어오르던
붉은 연기가 새 안경 앞에서 어른거렸다

길에서 만난 사람을 그냥 보내지 못해
어려운 대화를 끝내고 헤어질 땐
공중을 느리게 배회하던 생각들이
새 안경 앞으로 다가와 흩어졌다

세상을 다 투과하지 못한 렌즈의 불만이
새 안경 구석에 까만 점으로 모였다가
깊은 밤 침실의 천장을 빙빙 돌았다

희미했던 내 시력이 더 희미해진 것도
새 안경을 쓰면서부터 생긴 변화였다

물론 새 안경에는 아무런 하자가 없었다
이유는 새 안경을 쓴 내게 있음이 분명했다

3부

만나지 못한 얼굴

어떤 얼굴은 짐짓 숨죽인 자세로
내 곁을 잠시 맴돌다 사라졌다

그것은 작은 상실감으로 이어졌다

십여 년 전, 어느 해 봄날에
광장에서 만난 또 다른 얼굴은
젊은 시절을 즉시 떠올리게 했다

맑은 청량감까지 불러일으켰다

거친 계단을 하나둘 오르면서
진짜 얼굴은 가슴속에 있다고
나를 향해 자주 중얼거리곤 했다

어느 학교의 현관 앞 거울에는
세상의 중심부로 달려간 얼굴들이
늘 잔영처럼 비친다는 소문이 돌았다

오늘까지도 만나지 못한 얼굴을
버릇처럼 가슴속에 끌어당겼다

소풍 전후

회색 구름이 하늘을 뒤덮은 탓에
야외 박물관 견학은 어울리지 않았지만

기어코 유물들을 대면하고 와서는
아득한 유년의 일들을 떠올렸다

새들의 무리가 코발트색 바다 위를
불안하게 비행하고 있었다

지렁이 울음소리가 크게 들렸다
날씨의 변화에 따라 우리의 생각은
바다로 가기도, 산으로 가기도 했다

우리 집 대문 옆의 멀구슬나무 가지들은
바람이 없는데도 서로 자주 부딪쳤다

그날엔 돌담 틈에 뿌리 내린 장미도
좀처럼 붉은 웃음을 터뜨리지 않았다

습기 찬 먼지로 자욱한 난간에 걸터앉아
마침내 쏟아지는 아침 비를 바라보았다

소풍을 못가 온종일 스산한 날
온갖 풍경이 찢긴 그림처럼 눈에 들어왔다

어쩌다 이 세상에 소풍을 나온 내가
하고 싶은 일을 못 할 때도 그러할 터였다

오일장

여기저기를 돌다 들어선 고향에서처럼
우아한 언어들은 결코 만날 수 없다
백화를 좇는 말들이 무성할 뿐
바다가 출렁이고, 따뜻한 봄날에는
굳었던 좌판들이 조금씩 움직이고,
바위 같은 침묵으로 휩싸인 바닥은
사람들의 발걸음으로 흔들린다
쨍그랑 쨍그랑
여기서는 엿을 파는 할아버지의
가위소리 울림이 하도 길어서
옛날 들었던 기억을 붙잡고 있으면
십 년 만에 친구를 만나는 우연도
전혀 불가능하지 않게 일어난다
각설이 타령 또한 끊이지 않고
쉼 없이 펄럭이는 포장 속에는
시장의 생존방식이 꿈틀거린다
젊은 남자가 쉴 새 없이
귤 상자를 차에서 내려놓는다

석양은 오늘도 붉게 타고 있고

유년의 잦은 출몰

눈의 수평에서 사라진 줄 알았는데
잠시 뒤 내 이마 앞으로 다가왔다
즐거운 마음으로 찬찬히 보아도
헐거운 모습들이 나부낄 뿐이었다

마당에 서서 하늘 저쪽을 바라보면
수시로 쏟아지는 빗물에 씻긴 채
바다 깊은 곳으로 사라지곤 했다

찬바람이 창문을 두드릴 때는
차르르 소리를 내며 찾아왔고
몇 달 뒤 봄바람이 불 때는
긴 사연을 등에 지고 있었다

생장의 그루터기를 자주 쓰다듬으며
쓰러지려는 영혼을 바로 세우며
어두운 날의 불안을 애써 다스리며
낡은 다리를 조심스레 건너는 날에는
잠깐 떠오르기도, 가라앉기도 했다

어둠 앞에서

박물관을 향해 걸어가고 있는데
갑자기 거리의 가로등이 꺼졌다
앵두 씨만큼의 달빛도 없었다
마을의 집들이 어둠 속에 잠겼다

어둠의 한가운데 잠시 서 있다가
마을 저쪽 구석에 웅크리고 있는
또 다른 모습의 어둠을 보았다
지금 한창 소멸하고 있는 것과
앞으로 소멸해야 할 것들이 모여
대화를 나누고 있는 것처럼 보였다

어젯밤, 박물관 유물들이 사라졌다
도난을 당한 것이 분명했다
이제 유물들은 한동안 입을 닫은 채
어떤 역사도 밝힐 수 없을 터였다

박물관을 향해 계속 걸어갔지만
어둠이 더 가늘고 길게 펴져서

바로 앞 건물도 몰라볼 정도였다
이 어둠을 재빨리 물리치는 것이
지금 필요한 최선의 전략일 터였다
박물관의 유물들을 찾기 위해서는

깨어나는 집

낮에는 햇살이 자주 흩뿌려졌고
새들의 날개 스치는 소리도 들렸다

밤이 되면 창호지를 바른 초가집
조그만 방의 호롱불 주위 그림자가
조금씩 흔들리는 게 보였다
책장을 넘기는 아버지의 손이었다

성현의 메마른 말씀이 문틈으로
새어 나올 때면, 엄격한 글자들이
나를 향해 가볍게 손을 내밀었다

나는 바깥채에서 밤을 보냈다
거기에는, 창호지문도
책장 넘기는 아버지도
성현의 말씀도 없었지만
대신 비밀을 담은 상자와
한번 빗장을 걸면 끝까지
열리지 않는 대문이 있었다

여명에 잠겨 있던 바다가 출렁였다
사람들이 바다로 모여들었고
마을의 모든 집들이 잠에서 깨어났다
안채도, 바깥채도 예외가 아니었다

사월, 기억들*

사월이 오면 지금도, 양쪽 귓가에는
노형 방일동산에서 날아오는 총소리의
찢어지는 소릿결이 뚜렷하게 들린다

누군가가 방일동산에 깃대를 세웠다
올린 깃발은 마을의 평화를 알렸고
내린 깃발은 빠른 도피를 지시했지만
내린 깃발을 보는 날은 드물었다

사월이 오면 지금도 두 눈에는
노형리집, 외양간, 측간이 한꺼번에
시뻘겋게 타고 있는 게 보인다

우리는, 불타다 남은 곡식을 텃밭에 묻고
다음 날 아침, 이호리 오도롱으로 갔다
가까운 곳으로 가야 식량을 용이하게
확보할 수 있다고 판단한 이동이었다

사월이 오면, 아주 날 선 목소리로

꼼짝 말고 나오라며 거침없이 외치던
젊은 얼굴의 장교를 지금도 잊을 수 없다

정말, 손들고 나가는 게 나을 수 있었을까
가족들은 제각각 흩어져 무조건 뛰었다
나는 종새동산까지 단숨에 갔다가
혼자 되돌아 도착한 베염나리 냇바닥에서
누워 계신 할아버지, 아버지를 보았다
내게, 베염나리는 평생 한이 서린 곳이 되었다

사월이 오면 무거운 뚜껑으로 닫은
기억의 항아리를 열어 놓는다
산 사람은 기억을 통해 숨을 쉬어야 하므로

* 『4 · 3과 평화』 45호에 수록된 현상지 씨의 증언을 바탕으로 쓴 시임

귀가 이후

종일, 거센 바람이 몰려와도 집안의
녹슨 부유물들은 사라질 줄 몰랐다
그냥 여기저기로 흩어지기만 할 뿐

어둠을 휘저으며 다가오는 아침 속에
혹여, 함께 따라 왔을지도 모를
행운의 흔적이나 희망의 기호는 없었다

창창한 소음 가득한 집에서 나온 뒤
익숙한 어둠과 함께 귀가하면
하루는 대부분 잘려나갔다

누런빛 일상의 수렁에서 나오려고
혼자 무진 애를 쓰면 쓸수록
구원의 옷자락은 더 멀리 사라졌다

바닷속에서 헤엄치는 물고기들도
방약무인으로 날아다니는 새들도
며칠 전 꿈속에서 본 옛날의 골목길도

뒤뜰 구석에 서 있는 멀구슬나무도
어제와 다름없는 모습 그대로였다

하찮은 기억의 항아리

태풍에 실려 온 돌멩이에 맞아
오래되고 잘생긴 항아리가 깨졌다
많은 분량의 곡식과 함께
아련한 추억으로 가득한 유년이
장독대 주위에 와르르 쏟아졌다

깨진 항아리가 눈앞에 어른거렸다
아래가 좁고 배부른 새 항아리를
하나 구입하고는, 항아리 속에다
길에 뒹구는 대여섯 개의 유년을 담았다

바람이 심하게 불어
돌멩이에 깨진 항아리 속의 유년을
떠올리게 하는 아침에는 짐짓
마을의 골목길을 서성대며
혼자 긴 시간을 보내곤 했다

하지만, 여행을 마치고 집으로
오면서 뇌까린 적도 있었다

누구든 흐린 날 새벽에 찾아와
이제는 내 하찮은 기억의 항아리,
잘게 깨부수어 주기를

오래전 이야기

차곡차곡 모은 편지 뭉치를 들고 변심한 애인의 집으로 갔지 냉정하게 구애를 거부당하고 비참한 상태에서 삭발을 감행했던 일, 눈물 흘리며 삭발에 감동한 그녀와 마침내 사귀게 되었던 일들이 순식간에 머리에 떠오르더군 그날까지도 그녀에 대한 사랑은 내 온몸에서 숨 쉬고 있었어 해변 찻집에서 듣던 파도 소리, 바람 따라 물결치던 갈대, 가을 들판을 비상하던 새들이 그냥 그대로였듯이

눈물은 현실과 사랑을 잇는 부드러운 고리를 찾지 못할 때, 주변의 사물이 고통과 슬픔을 환기할 때 자연스럽게 나온다는 걸 체득했네 나는 곧장 변심한 애인 집의 거실로 들어가 천장을 향해 편지뭉치를 힘껏 던졌지 봉투 모양의 서른 몇 개 서러움이 아무런 저항도 받지 않고 바닥에 떨어졌어

꿈꾸는 얼굴로 이야기를 들려주는 그의 이마에서는 땀 냄새가 피어올랐다 사실, 그가 겨냥한 것은 천장이 아니라 빙빙 돌고 있는 자신의 무기력함이었다

은밀한 고백
— 추사 김정희

탱자나무 가지로 둘러친 초가에 살긴 했지만, 내 마음 속에는 아예 그런 초가가 없었다 제주도로 유배된 뒤, 예산에 내려와 살던 부인이 죽음에 이르렀을 때는 물론, 귀한 친구 김유근이 세상을 떠났을 때도 나는 오랫동안 통곡했다 하지만 슬픔의 시간을 반추하는 것과는 무관하게, 내 정신은 바람 부는 날에 떠도는 구름처럼 자유로웠다

제자 이상적이 보내 준 79책을 받고 세속적 풍조를 감연히 물리치는 그의 훌륭한 인격에 깊이 감동했다 나는 그때 비로소 추운 겨울이 되어서야 소나무와 잣나무가 시들지 않음을 안다는 말씀의 참뜻을 깨달았다

내게는 제주도로, 북청으로 유배되면서 얻은 마음의 병을 치유하는 일이 무엇보다도 시급했다 그 방법은 현실과 멀리 떨어져 사는 것이었다 무릇 책이란 현실을 바탕으로 쓰인 것이므로, (「세한도」와 완성되지 않은 추사체만 빼고) 책들을 불태우면 현실과 멀리 떨어져 살 수 있을 것만 같았다 나는 아무도 모르게 그 일을 꼭 해내고 싶었다 한 번으로 부족하면 두 번, 세 번에 걸쳐서라도

삼신인의 목소리

— 제주박물관에서

화북 포구에서 달려온 바람이
넓은 마당 곳곳에 정지해 있는
먼 옛날의 시간들을 빠르게 휘젓는다

삼신인三神人의 목소리는
말발굽 소리들이 서로 싸움하듯
한참 동안 난장을 벌인 뒤에야
열린 내 귀에 다가왔다

아득한 옛날부터 지금까지
하늘과 바다가 요동치던 그 모습으로
면면한 생生의 줄기를 잇게 한 것은
속절없이 지켜야 할 도덕도
꽃 주위에 모인 팽팽한 향기도
낭랑하게 퍼지는 말(言語)의 경쟁도
질서를 세우는 규율도 아니었다

저쪽 수평선에 자리 잡은 정신이었다

삼신인의 목소리는 박물관 밖에서도
사람들의 곁을 떠나지 않았다

입소기

— 로빈슨 크루스에 빗대어

정박 중인, 커다란 배로 다가갈
튼튼하고 변변한 뗏목 하나도
햇빛 가릴 나무 한 그루도 없었다

젊은 가슴속에는 느닷없는
공격에 대비할 칼 같은 마음만
단단히 숨기고 있는 실정이었다

이곳을 아는 사람은 많았지만
하루에 출입하는 사람은 극소수였다

희미한 발자국 하나를 발견했는데
그것은 사람이 아무도 몰래 들어와
염탐을 끝낸 흔적임이 확실했다

무인도와 조금도 다름이 없었으므로
대강 헤아려도 어마어마한 분량의
불안이 이쪽으로 빠르게 달려왔다

가급적 양식이 떨어지는 일이 없도록
매일 연구를 계속할 요량이었지만

앞으로 자주 만나야 할 소장所長이
독재 권력자와 유사하다는 소문은
우리를 두려움에 떨게 만들었다

어떤 사람이 나직하게 말했다
잘못된 시대에는 흔했던 일이라고

그나저나 하늘 아래 약자인 우리에겐
'입소 기간'을 무사히 보내는 것이
마음속에 품은 유일한 희망일 터였다

백중날 밤

백중날은 마침 할아버지의 제삿날이었다 오후 두 시가 지나면서부터, 봇짐 진 고모할머니를 비롯한 숙부, 당숙부, 고모들이 약간의 시간 간격으로 마당에 들어섰다 참례하러 온 친척들 중에서 육지에 사는 작은누나 부부는 단연 주목을 받았다 제삿날 일손을 놓은 작은누나와 매형이 집 앞 바닷가와 떨어진 저쪽 바위에 앉아 이야기에 열중하는 모습이 보였다

밤이 되었다 보름달의 부드러운 달빛이 춤추듯 점점 차오르는 은빛 바다 위로 퍼졌다 아직 채 가시지 않은 여름의 열기가 온 마을을 휘감으며 밀물의 가는 길을 재촉했다 밀물은 길을 넘은 뒤, 골목 가까운 곳에 있는 우리 집 마당으로 들어올 태세였다 하지만 제사 참례를 알리는 아버지의 엄한 목소리가 흐르는 밤 풍경을 중단시켰다

마침내 아버지의 분향재배가 시작되었고, 내 눈앞에는 한 번도 본 적이 없는 할아버지의 달 같은 얼굴이 어른거렸다. 파제한 뒤, 누군가로부터 작은누나 부부에 대해 어떤 말을 들은 아버지는, 이내 마당으로 건너가 평상 구석에 앉아 있는 작은누나 부부를 확인하고는 다소 안

심하는 표정을 지었다 새날의 밤하늘엔 백중날 보름달
과 똑같은 달이 고즈넉이 떠 있었다

닻을 내리면

폭우 쏟아지던 꿈속의 장면이
옛날의 모습을 불러일으켰다

우리는 매우 남루한 옷차림으로
동쪽 산의 까마득한 고지를 향해
힘겨운 발걸음을 옮기고 있었다

지치고 추운 겨울 저녁이었다

어둠이 희미하게 깔린 들판의
웅성거리며 날리는 메마른 풀들이
갑자기 방향을 잃은 회색바람이
검정 스웨터 올 사이로 스며들었다

별 서넛 반짝이는 밤이 왔을 때
친구는 마침내 가는 길을 바꾸었다
붉은빛 가늘게 서린 그의 이마에선
목표에 대한 의지가 꿈틀거렸다

어느 날, 일간지 사회면에 실린
그의 과장 섞인 성공담을 읽었다

바라보던 먼 산에서 눈을 뗐다
성공이 아니고, 실패였으면 어떠랴

마지막 항해가 끝나 닻을 내리면
모든 파도는 사라지고 마는 것을

옛날을 찾아가다

회색 하늘이 끊임없이 움직였다
거리에는 빈 깡통들이 굴러다닐 뿐
낡은 실루엣 하나조차 보이지 않았다
상점들은 모두 문을 굳게 닫았고
우중충한 한길의 전봇대 아래에는
가을 오후의 정적이 쌓여 있었다
마음의 미로 속을 빠져나오는 것은
생각하는 것처럼 쉽지 않았다
앞을 가로막는 기억의 돌무더기가
당장 돌아갈 수 없게끔 만들었다
감정의 거센 소용돌이를 버려두면
즐거운 회상은 이룰 수 없을 터였다
머릿속으로 격심한 추위가 몰려 왔다
이곳에 살던 유년이 눈앞을 지나갈 때
뒤뜰의 빽빽한 대나무 잎들 사이로
돌아가신 부모님의 환영이 어른거렸다
어디서부터인가 귀에 아주 익숙한 음악이
마당에 있는 내게로 다가오기 시작했다

4부

대장장이의 망치질

날씨가 아무리 춥거나 더워도
망치질 소리는 여전히 크게 들린다

들어서는 인기척에도 아랑곳없이
망치질에 열중인 대장장이의 눈은
알게 모르게 붉은 물이 든 지 오래다

소리와 소리가 격렬히 부딪치는
망치질에는 대장장이의 오랜
기원도 함께 섞여 있음이 틀림없다

이유 없이 하늘이 흐린 날에는
대장간 구석에 쌓여 있는 낫들이
세상의 '악'을 자르는 '칼'들이
오랜 시간 동안 함께 춤을 춘다

대장장이는 하루도 쉬지 않는다
터지는 불빛을 보며 쇠를 달구고
거친 망치질로 생애를 담금질한다

빠르게 쌓이는 권태를 물리치면서

소멸의 확인 1

얽히고설킨 지붕의 띠줄 사이를
웅성거리는 대나무 잎들의 틈새를
빠져나온 늦여름이 빠르게 들어선다

풀 조각 입에 물고 뛰어가는
청개구리의 쇠잔한 울음을
개울에서 느릿하게 유영하는
물고기들의 맥 풀린 몸짓을

자주 쫓기며 비상하는 새들을
쉬지 않고 노래하는 매미들을

집안 살림살이를 자주 걱정하는
이웃 아낙네들의 왁자한 열변을

성장盛裝한 여자의 긴 머리칼을

나는 그저 바라보고 들을 뿐이다
함께 소멸하고 있음을 확인하면서

소멸의 확인 2

뒤뜰 구석의 커다란 배나무에는
누런 줄이 겹겹이 감겨 있었다

아버지가 감긴 줄을 풀 때면
숨은 이야기가 하나씩 튀어 나왔다

오래전, 할아버지가 심을 때는
연약하고 조그마한 배나무였는데
지금은 그야말로 볼품이 없는
천덕꾸러기로 바뀌고 말았다

올해에는 서너 송이라도 꽃을 피워
열매 맺기를 은근히 바랐지만
예상한 대로, 어림없는 일이었다

향기를 내뿜던 옛날과는 다르게
여러 번 생채기를 겪은 배나무는
아예 꽃 피우기부터 거부했다

이야기도, 열매도 모두 소멸해
뒤뜰에는 남은 게 아무것도 없다

산 계곡의 출렁이는 물결

산 계곡의 출렁이는 물결에
일상의 수많은 잡동사니들이
덜컥거리는 소리를 내며 흘러갔다
거기에는 아픔이 배어 있는
둘둘 말린 핏빛 상처의 흔적도
당연히 함께 섞여 있을 터였다
물결은 얼마나 오랜 시간을 휩쓸리며
여기까지 별 탈 없이 도달했을까
세월은 늘 다른 사람의 편이었고
돈은 번번이 우리 옆을 스쳐 지나갔다
시류와 세속의 성공은 예외 없이
미리 많이 가진 자들의 차지였다
안개가 천천히 이 세상에 퍼지듯
우리는 속절없이 나이를 먹었다
허술한 날을 잡아 이곳에 온 우리는
룩색을 바위 위에 거칠게 부려 놓고
다시는 여기에 오지 않을 태세로
출렁이는 물결을 거듭 바라보았다
결국 사라져버릴 시간도 어차피

여러 개의 단위로 나뉠 게 분명했다
해가 빠르게 기울기 시작했고
우리는 앞서거니 뒤서거니 하면서
한동안은 다소 힘겨운 하산에 열중했다
'등산로 입구'라는 표지판이 보였고
결코 젊지 않은 우리의 두 귀에는
산 계곡의 출렁이는 물결 소리가 들렸다

사막을 걸으며

회색빛 바람이 이곳으로 모여들었다
팽이처럼 돌다 멈춘 모래 알갱이들이
자잘하게 움푹 팬 구멍에서 멈추었다
발걸음에 수평이 허용되지 않아도
시커먼 구름이 하늘에 떠돌아도
포기하는 것은 아예 생각하지 않았다
우리가 지금 애써 찾고 있는 곳은
걷고 있는 사막의 원형이었다
바람을 일으키고야 말 고요함이
주위를 온통 감싸고 있었다
다시 태양이 일렁이기 시작했다
강하고 두려운 빛의 물결이었다
오아시스도, 그늘을 만드는 나무도
시야로는 빨리 들어오지 않았다
쉬지 말고 사막을 건너야 할 이유와
삶의 사막을 건너야 할 이유 사이에는
조금의 차이도 존재하지 않았다
잠시라도 그것을 고민하거나
주저할 필요가 전혀 없었다

한 무리의 낙타가 가까이 다가왔지만
대상隊商의 그것에 불과했다
우리에게 걷는 것은 숙명이었다

용의자 관찰

오래만에, 어처구니없어서 웃었다
그의 가증스러움은 겉으로 나타나는
사실을 부인하는 데서 비롯되었다

신문 사회면에 실린 그의 얼굴에는
익숙한 고집이 자리 잡고 있었고
편지글에는 늘 사실을 감추려는
고상한 비유들이 출몰하곤 했다

'젊었을 때' 운운하며 말을 할 때는
단단한 몸의 불필요한 근육들이
실낱처럼 아주 가늘게 움직였다

그는, 자신에게는 번듯한 외면만 있고
시커먼 내면은 전혀 없다고 생각했다

탁한 시선이 머무는 곳, 거기서
그는 수시로 무엇인가를 집어냈다

입안의 불균형한 치아들 사이로
튀어나오는 역한 냄새 때문에
섬세하게 관찰했다고 할 수는 없지만

그를 보면 검게 웃을 수밖에 없었다

하얀 웃음

그림을 그려본 사람은 안다 하얀색은 그냥 아무렇게나 칠해진 하얀색이 아니다 하얀색 속에는 검정색, 황토색, 초록색 등 여러 가지 색이 끊임없이 숨 쉬고 있다 하얀색은 다른 색과 결합하여 드러난 것일 때 비로소 입체적 느낌을 준다 하얀색은 많은 색의 혼합 과정을 거쳐 빚어진 색임이 분명하다

겉으로는 하얀색을 말하면서도, 실제로는 하얀색을 말하지 않은 경우가 허다하다 하얀색이 다른 색을 지시하는 하얀 전쟁, 하얀 죽음 등이 그 예들이다 사람들의 입에서 연출되는 하얀 웃음은 웃음에 대한 우리의 직접적 판단을 망설이게 한다

'사랑한다'는 말

"태초에 말씀이 있었다"에서 알 수 있듯이, '말씀'은 모든 것의 근원, 세상의 완전한 현존이었다 사람들은 갈릴리 태생인 베드로의 말투를 듣고 '너도 예수와 한패'라고 말했다 옛날에도 사람의 말투는 말하는 사람의 인품을 드러냈다 하지만 요즈음에는 말의 의미를 다르게 풀이하는 사람도 있다

선편에 놓인 주장에 따르면, 말의 의미는 확정되지 않는다 의미의 효과는 한 의미와 다른 수많은 의미들과의 차이에서 발생하므로 '사랑한다'는 말의 의미가 확정되는 일은 자꾸 연기될 수밖에 없다

사랑한다는 말조차 쉽게 건넬 수 없는 이 현실이 참으로 아득하다

퇴원 이전

침대의 시트 위에 손을 얹었다
불확실한 것들이 머리를 맴돌며
망각을 촉진하는 소리가 들렸다
게다가, 머리에서 빠져나온
아주 작은 생물체가 산등성이로
급히 달아나는 게 얼핏 보였다

기다란 입원실의 복도를 벗어나
저쪽의 완고한 현관문을 향했다
한 걸음씩 앞으로 나아갈 때마다
퇴원을 준비하는 가족들의
가는 웃음소리가 밖으로 새어 나왔다

모두를 잃은 얼굴의 늙은 남자가
힘없이 벽면에 기대어 서 있었다

건물 밖의 맑은 공기를 마셨다
건너편 나지막한 집 거실에는
엘이디 조명등이 자주 반짝거렸다

길게 웃자란 나뭇가지들 틈새로
빨갛게 웃는 장미꽃들이 손짓했고
순간, 내 머리 위로 지난 세월이 스쳤다

질병의 기미가 다시 보이거나
볼 수도, 걸을 수도 없는 날에는
또다시 입원해야 할지 모른다는
구름처럼 떠도는 생각이 넘쳐
하늘을 보며 잠시 허우적거렸다

낯익은 그림

녹색 공기를 마시며 걸었던 날의 하늘도 평온하기 그지없었다 등산대회장 입구에 도착한 내 눈에 길게 이어진 횡렬 오른쪽으로 슬그머니 끼어드는 중년 남자의 큰 얼굴이 보였다 나뭇가지들이 바람에 유유히 흔들렸고 이에 호응하듯 뭉게구름도 여기저기로 흩어졌다

앞자리를 차지하기 위해 이미 한 차례 언쟁을 벌였던 그들인데도, 산 중턱에 도달하기까지의 더디었던 발걸음에 대해서는 아랑곳하지 않았다 그것은 온전한 정신을 휘게 했던 더위에 대해서도 마찬가지였다 그들에겐 오직 남보다 앞서는 일만이 중요했다 하산할 즈음, 산 전체에 한동안 아무런 예고도 없이 큰비가 내렸다 그들은 잠시 큰비를 물리치다가, 한참 앞서가는 발걸음을 쫓는 데에 다시 열중할 뿐이었다

산과의 굳은 약속도 잊은 채, 자기를 버리고

무대 막이 내릴 때

마지못해 동의하듯, 무대 막이
탁한 공기를 누르기 시작하자
비로소 구석에 모여 있던 침묵들이
여기저기로 빠르게 흩어진다

전개되는 이야기는 생기로 넘쳤고
무대 연기는 대체로 훌륭했다

많은 관객도 그렇게 생각했을까

매달린 잎사귀의 신세는 아닌데도
그의 가슴에는, 품었던 기대와
끝난 뒤의 아쉬움이 여러 번 교차된다

늘 화려했던 조명등이 사라지고
연극의 마지막 무대 막이 내릴 때
그는 자신과 약속한 듯 중얼거린다
실패는 나쁜 운의 소산일 뿐이라고

겨울 부두

자주 비끼며 지나가는 매서운 공기가
사람들의 머리칼 사이를 빠져나간다
요란한 자동차 경적이 쉼 없이 울리고
조합장 선거를 알리는 플래카드가
나뭇가지에서 느릿느릿 펄럭인다
오후의 약한 햇살이 가는 비를
여기저기에 흩뿌리기 시작한다
겨울 부두는 어제처럼 고즈넉하지만
바다 가운데에선 큰 물결이 요동친다
뱃전에 몰려드는 물고기들의 소리가
저 멀리 아득한 곳에서 전해오는 듯하다
파시를 앞둔 이곳에는 가끔 혼자
고함치는 술꾼의 목소리가 떠돈다
저쪽에서 어선 한 척이 달려온다
점퍼 깃을 올린 남자가 천천히 뛰어가
어부들을 향해 웃으며 손을 흔든다
만선인데도 아무도 환호하지 않는다
아니, 터진 환호는 공중에 머무른다
칼 같은 저녁 추위가 옷 속으로 스며든다

갑자기 웅성거리는 소리가 들리고
한 어부가 늙은 선원을 업고 배에서 내린다
회색빛 어둠이 파도처럼 다가선다
아주 드물게, 회색 바다 아래에 숨어 있던
바위들의 흔들리는 모습이 보인다
길게 뻗은 아스팔트에는 불빛이 질펀하다
감금되었던 사건이 마침내 터질 것만 같다

극장 객석에 홀로 남아

바람 세게 부는 어느 가을날
극장 객석에 홀로 남아
배우들의 목소리가 부딪치던
무대를 천천히 바라본다
아직 남아 있는 배경 그림의
길게 웃자란 대나무 숲에선
맑은 웃음소리가 흘러나오지만
정작 극장에 홀로 남은 이유를
자연스레 깨닫게 하는 기호는
어딘가에 숨어 보이지 않는다

한 배우가 분장 그대로인 얼굴로
객석 통로를 천천히 지나간다
옛 그리스의 유려한 그릇처럼
정교하게 잘 짜인 작품에 힘입어
인물의 삶을 연기하는 배우라면
극장이 정해 놓은 기간 동안에는
배우의 위치를 잘 지킬 수 있으리라

하지만 아무리 그렇다 하더라도
배우의 연기와 배우의 삶은 다르다
배우의 삶에도, 우리의 삶에도
앞을 가리는 막幕은 아예 없다
돌이킬 수 없는 결말이 있을 뿐

그것은 누구의 삶에도 적용된다
바늘구멍만큼의 조그만 차별도 없이

타이태닉호

막 이별하고 여기에 온 사람에게도
예외 없이 출발은 역동적이었다
사람들은 모두 북대서양에서 잠시
흔치 않은 시간을 함께 경험했다
눈에 보이는 사랑은 거의 삼류였다
혹여, 배신이 숨어 있었을지도 모르지만
두 연인을 단단히 묶고 있는 끈은 질겼다
큰 부자들의 허세는 또 얼마나 심했던가
바다 위를 빠르게 지나다 멈춘 배에서도
사람들의 욕망은 쉬지 않고 출렁거렸다
구명정을 타기 위해 모진 싸움을 벌였고
검은돈으로 좋은 좌석을 매수하려 했다
다른, 많은 사람들이 울부짖고 고함쳤다
배 안에는 바닷물이 계속 넘쳐났다
상상계를 벗어난 현실이 눈앞에 다가왔다
세상에서 가장 큰 배인 타이태닉호에
위험한 상황들이 파도처럼 밀려왔고
죽음의 그림자가 소용돌이쳤다
아우성치는 사람들 틈을 비집고라도 제발

찾아오기를 바라는 빛은 찾을 수 없었다
배의 크기와 비극의 크기는 정비례했다
부정적으로 작용한 요소가 또 있었다
'세상에서 가장 큰 배'를 관리하는
사람들의 오만함이 바로 그것이었다
단언컨대, 문제는 거기서 비롯되었다

투시

— 찰리 채플린

실제로는 아주 멀리 떨어져 있어도
가까운 곳에 있는 것처럼 보였다
평소에 딱딱하게 굳었던 심장이
촬영하는 날에는 어김없이
부드러운 심장으로 바뀌었다
사람들은 의아한 눈으로 처음부터
그를 없는 사람으로 치부하려 했다
마음속에서 솟아오르는 행복을
전시물을 대하듯 느낄 뿐이었다
공중에서 온종일 나부꼈지만
무성영화 밖에선 다른 배우들에게
수시로 따스한 웃음을 보냈다
뛰는 춤으로 이야기를 대신할 때
슬립스틱은 작은 기교에 불과했다

채플린월드로 사람들이 몰려들었다
허공에서 무수한 원형으로 떠도는
제스처 언어들을 붙잡기 위해

곡선으로 휜 지팡이를 쥔 채플린은
멀리 떨어진 건물 밖에 혼자 서서
움직이는 세월을 조용히 지켜보았다

서투른 곡예사

서투른 곡예사曲藝師와
우리는 다르지 않았다

높이 3m의 줄 위에서
공중 회전하던 곡예사가
딱딱한 바닥으로 떨어졌다
사람들이 지르는 비명과 함께
그동안 품었던 곡예사의 희망이
공연장 주위에 흩뿌려졌다
남는 것은 아무것도 없었다

우리도 곡예사가 되어
막장 같은 세월의 둔덕을
자주 오르내렸지만 마지막에
남은 것은 오로지 빈손이었다
물살이 아주 세고 깊은 강을
참으로 어렵게 건널 때도
손짓하며 길을 알려 주는
친절한 사람은 아무도 없었다

딱딱한 바닥으로 금방 떨어진
서투른 곡예사와 지금의 우리는
아무리 보아도 다르지 않았다

줄광대* 1

가을 하늘에 뭉게구름이 피어오른다 삼현육각**의 연주음이 한국민속촌 사방으로 퍼지고 한 줄기 서늘한 바람이 불어온다 공연장 의자들 사이를 돌며 이런저런 농담을 건네던 그가 길이 10m, 높이 3m의 줄 위에 올라선다

부채를 든 그의 귀에 스승의 가르침이 들린다

"땅에 떨어져서는 절대 안 된다 만일 불가피하게 땅에 떨어질 때는 죽기 살기로 줄을 잡고 떨어져야 한다"

바람의 세기가 적절하다 초립의 공작 깃털도 부드럽게 춤을 춘다 스승의 가르침이 다시 들린다

"자만하지 마라"

그가 줄 아래서 서성거리던 어릿광대에게 말한다

"여보게, 어떤 사람이 내게 줄을 잘 타면 빨리 성공한다고 하더군 하지만 난 삼십 년이나 줄을 탔는데 별 볼일이 없어 맨날 엉덩이가 터지고 줄광대라고 손가락질이나 받았지 그래도 좋은 게 딱 하나 있기는 해 여기에 오는 분들이 모두 나를 올려다보는 게 바로 그거야"

웃음과 박수가 공연장 주위에 맴돈다 이어, 어디에선가 이유를 알 수 없는 슬픔이 밀려온다 큰 물결처럼

* 줄광대; 중요무형문화재 보유자 김대균을 모델로 삼았다.

**삼현육각(三絃六角): 국악에서의 악기 편성법. 거문고 · 가야금 · 향비파 등의 삼현(三絃)과, 북 · 장구 · 해금 · 피리 · 태평소 두 개 등의 육각(六角)으로 이루어진다.

줄광대 2

허튼타령 장단이 우리 시선을 무대로 끌었다
소맷자락 가볍게 날리며, 부채를 들고
줄 위에 오른 그가 조용히 숨을 쉬었다

잠시 서 있는가 했더니 걸었고
앉아 있는가 했더니 솟구쳐 올랐다
두 무릎 꿇고 있는가 했더니 나아갔고
엉덩방아 찧고 있는가 했더니 다시 솟구쳐 올랐다

올려다보느라 우리에게는 쉴 틈이 없었다

살판*을 할 때마다 그는 미리
마음속의 유리문을 깨뜨리기도 했지만

눈앞에 불쑥 나타나는 두려운 상황은
살판을 자주 감행할 수 없게 했다

마침내 우리도 함께 줄광대가 되었다
얼씨구, 절씨구, 모두 어우러져

신나게 한판을 벌였다

수시로, 줄 위에 자신을 내려놓는 그는
번쩍이는 발로 줄 타는 사람들을 향해
오랫동안 어두운 눈을 떼지 못했다

* 살판: 줄광대가 뒤로 몸을 날려 공중을 회전한 다음 줄 위에 앉는 최고 난도의 기예

시든 꽃잎 하나

봄날, 환한 대낮의 골목길에
떨어져 있는 시든 꽃잎 하나를
걸을 때마다 떠올려 보는 일은
목표까지 무사히 항해하는 데에
항상 등대의 임무를 수행했고

저렇게 볼품없이 시든 꽃잎이
어떤 과정을 거쳐 꽃 피우고
골목길에 떨어져 있는지를
아주 명확하게 밝히는 일은
삶의 이력을 해명하는 데에
쓸모 있는 방편을 제공했다

세게 부는 바람을 견디지 못해
골목길에 떨어진 시든 꽃잎을
일부러 수시로 바라보는 일은
삶의 실패를 미리 대비하는 데에
더없이 좋은 지침이 되었다

비록 시든 꽃잎 하나일지라도

바람, 풍경

도시의 어젯밤 긴 바람이 기어코
아침의 차가운 비를 끌어들였다

아직도 불고 있는 그 바람 속에는
젖은 이야기 조각들이 나선형으로
떠돌아다니고 있는 게 눈에 띄었다

검게 비어 있는 건물 유리창 틀에는
정치 구호들이 쉼 없이 나부꼈고
겨우 창문 틈으로 비집고 온 햇살은
돌아갈 채비를 전혀 하지 않았다

기억이 공원 벤치에 앉은 나를 찾아와
울고 웃던 시절의 시간을 펼쳐 놓았지만
그것도 조금 뒤에는 석양처럼 시들했다

건물 뒤쪽에서 들려오던 마이크 소리가
다시 불고 있는 바람에 휘감기기 시작했다

하루가 난파하기 전에 나타나는 전조였다

■ 해설

섬세한 이미지들의 아름다운 합주合奏

— 김병택 시인의 시세계

백 운 복(문학평론가)

'시를 왜 읽는가?' 아마 이 질문은 시라는 존재가 인식되던 과거부터 오늘날까지 언제나 진행형으로 우리 앞에 던져지는 물음일 것이다. 특히 작가나 시대 환경에 무게중심이 놓여 있던 '표현'과 '반영'의 전통적인 문학관 시절보다도 독자 중심의 '소통'과 '치유'가 어느 때보다 강조되는 요즘의 문학관에서는 더욱 주된 질문이 아닐 수 없다.

김병택 시인의 다섯 번째 시집 『서투른 곡예사』에 수록될 작품들을 여러 차례 정독하면서, 사람들이 시를 읽는 이유가 무엇일까에 대한 근본적인 질문을 다시금 하게 되었다. 더불어 70여 편에 이른 김병택 시인의 이번 작품들 중에서 특히 오래도록 머뭇거리게 한 시작품들은 어떤 것이었으며, 그 이유는 무엇일까를 되뇌면서 그의 시세계가 지닌 특질을 탐색해 보았다.

잘 알려진 바처럼, 김병택 시인은 1978년 7월 『현대문학』 지에 문학평론이 천료되어 문단에 데뷔한 원로 평론가이며, 30여 년 이상 대학 국어국문학과에서 시론, 시인론, 비평론 등을 가르쳐온 현대문학 교수였다. 그런 그가 창작에 대한 열의 또한 넘쳐서 2016년 『심상』 신인상을 통해 시인의 길을 걸으면서 벌써 4권의 시집을 상재했다니 정말 대단한 열정이다.

너무나 당연한 말이지만 문학은 감동으로 말한다. 감동으로 다가서지 못하는 문학은 결코 진정한 문학, 적어도 좋은 문학일 수는 없다. 따라서 독자가 시를 읽는 가장 근본적인 이유가 있다면 그것은 감동 때문이다. 김병택 시인의 이번 시편들을 읽으면서 오래도록 깊이 읽기를 하고 싶어지는 작품은 바로 감동을 파문처럼 펼쳐주는 작품들이었다. 그렇다면 김병택 시인만이 지닌 감동의 실체, 그 개성적 시 장치와 얼개들은 무엇인가. 다시 말해 그의 시편들을 일관하고 있는 그만이 지닌 시적 특질과 시정신은 과연 무엇인가. 그것은 곧 '일상에서 마주친 작은 울림의 풍경화風景畵'와 '미세한 관찰과 섬세한 묘사로 구축해낸 이미지 형상', 그리고 '동일성의 회복을 위한 끊임없는 자아탐색' 등으로 정리할 수 있다.

1. 일상에서 마주친 작은 울림의 풍경화

김병택 시인의 시작품들을 독서하면서 가장 먼저 느껴지는 것은 친숙함이다. 그것은 주변에서 흔하게 마주치는 자연이나 자연현상을 제재로 하거나, 시인이 평범한 생활에서 마주치는 소소한 일상을 시로 형상하고 있기 때문이다. 그렇다고 그러한 일상성에서 오는 친숙함이 상투적인 풍경의 묘사 정도로만 그쳤다면, 우리는 그의 시작품에서 어떠한 시적 긴장이나 감동을 체감하지 못했을 것이다.

시를 창작하는 일은 어쩌면 대상이나 자연에 새로운 이름을 부여하고, 일상에서 새로운 의미와 가치를 끊임없이 발견해내는 작업일 것이다. 김병택 시인이 일상에서 마주친 작은 울림을 자신만의 의미와 가치로 덧입혀 시로 형상한 작품들 중에서 다음 두 작품은 이러한 그의 시 창작이 지닌 특질을 잘 보여준다.

> 여기저기를 돌다 들어선 고향에서처럼
> 우아한 언어들은 결코 만날 수 없다
> 백화를 좇는 말들이 무성할 뿐
> 바다가 출렁이고, 따뜻한 봄날에는
> 굳었던 좌판들이 조금씩 움직이고,
> 바위 같은 침묵으로 휩싸인 바닥은
> 사람들의 발걸음으로 흔들린다
> 쨍그랑 쨍그랑
> 여기서는 엿을 파는 할아버지의
> 가위소리 울림이 하도 길어서
> 옛날 들었던 기억을 붙잡고 있으면
> 십년 만에 친구를 만나는 우연도
> 전혀 불가능하지 않게 일어난다

각설이 타령 또한 끊이지 않고
쉼 없이 펄럭이는 포장 속에는
시장의 생존방식이 꿈틀거린다
젊은 남자가 쉴 새 없이
귤 상자를 차에서 내려 놓는다

석양은 오늘도 붉게 타고 있고

—「오일장」 전문

「오일장」은 처음 1, 2행에서부터 김병택 시인의 시적 발상과 특징을 매우 잘 보여준다. '여기저기를 돌다 들어선 고향'에서만 만날 수 있는 '우아한 언어들'은 무엇이며, 어떤 의미를 함축하고 있는가? 이 작품은 그러한 긴장감으로부터 시작한다. 오일장에는 '우아한 언어들'과는 전혀 다른 "백화를 좇는 말들이 무성할 뿐"이라는 인식이다. 결국 '우아한 언어들'과 '백화를 좇는 말들'이 지닌 팽팽한 대치가 이 작품의 주조를 이루게 된다.

작품 전반부에서 오일장은 '출렁이는 바다'와 '조금씩 움직이는 좌판', 그리고 '사람들의 발걸음으로 흔들리는 바닥'을 묘사하면서 서서히 그 모습을 드러낸다. 여기에서 '출렁임'과 '움직임'과 '흔들림'의 시어 선택은, 오일장이 펼쳐지는 오전의 장터 모습을 정중동靜中動의 형태로 잘 그려내고 있다.

이어서 후반부에서 선택하고 있는 엿을 파는 할아버지의 '가위소리'와 '각설이 타령'은 청각적인 묘사로 구성됨으로써 전반부의 시각적 묘사와 더불어 그 효과를 배가하고 있다. 그만큼 시장이 활발하게 진행되고 있는 모습이기도 하다. "가위소리 울림이 하도 길어서"나 "각설이 타령 또한 끊이지 않고"라든지, "쉼 없이 펄럭이는 포장" 등과 같은 구절은 '백화를 좇는 무성한 말들'만이 넘치는 시장의 현실을 즉, '시장의 생존방식'을 드러내는데 매우 적절한 배경으로 작용한다. 또한 "십 년 만에 친구를 만나는 우연도/ 전혀 불가능하지 않게 일어난다"와 "젊은 남자가 쉴 새 없이/ 귤 상자를 차에서 내려놓는다"에서는 시적 화자의 모습을 엿볼 수 있는 부분이다.

마지막에 한 행으로 처리한 "석양은 오늘도 붉게 타고 있고"는 파장 무렵의 오일장 풍경화를 마무리하는 채색이며, 이 작품의 완성도를 잘 보여주는 부분이기도 하다. 그만큼 감각적 이미지 조성은 물론 오일장 장터를 묘사하는 적절한 시어 선택과 시간적 배경까지를 잘 조화시켜 문체적으로도 성공한 작품이라고 할 수 있다.

김병택 시인의 이러한 시적 특징은 「겨울 부두」에서도 잘 드러난다.

> 자주 비끼며 지나가는 매서운 공기가
> 사람들의 머리칼 사이를 빠져나간다
> 요란한 자동차 경적이 쉼 없이 울리고
> 조합장 선거를 알리는 플래카드가
> 나뭇가지에서 느릿느릿 펄럭인다

오후의 약한 햇살이 가는 비를
여기저기에 흩뿌리기 시작한다
겨울 부두는 어제처럼 고즈넉하지만
바다 가운데에선 큰 물결이 요동친다
뱃전에 몰려드는 물고기들의 소리가
저 멀리 아득한 곳에서 전해오는 듯하다
파시를 앞둔 이곳에는 가끔 혼자
고함치는 술꾼의 목소리가 떠돈다
저쪽에서 어선 한 척이 달려온다
점퍼 깃을 올린 남자가 천천히 뛰어가
어부들을 향해 웃으며 손을 흔든다
만선인데도 아무도 환호하지 않는다
아니, 터진 환호는 공중에 머무른다
칼 같은 저녁 추위가 옷 속으로 스며든다
갑자기 웅성거리는 소리가 들리고
한 어부가 늙은 선원을 업고 배에서 내린다
회색빛 어둠이 파도처럼 다가선다
아주 드물게, 회색 바다 아래에 숨어 있던
바위들의 흔들리는 모습이 보인다
길게 뻗은 아스팔트에는 불빛이 질펀하다
감금되었던 사건이 마침내 터질 것만 같다

—「겨울 부두」 전문

겨울 부두의 정경을 관련된 다양한 제재들을 모아 살아 움직이는 풍경화로 형상해내고 있다. 그리 길지 않은 시 속에 '비끼며 지나가는 매서운 공기' '자동차 경적' '조합장 선거를 알리는 플래카드' '오후의 약한 햇살' '가는 비' '큰 물결' '물고기들의 소리' '고함치는 술꾼의 목소리' '어선 한 척' '점퍼 깃을 올린 남자' '칼 같은 저녁 추위' '어부' '회색빛 어둠' '회색 바다 아래에 숨어 있던 바위들' '길게 뻗은 아스팔트' '불빛' 등 실로 다양한 소재들이 동원되고 있다. 비교적 유사한 소재들끼리의 어우러짐이지만, 다소 이질적인 소재들도 함께 조화를 이루고 있다. 중요한 점은 이러한 소재들이 단절감 없이 유기적으로 잘 연결되고 있다는 사실이다.

또한, 이 작품은 '오후의 약한 햇살'에서부터 '파시를 앞둔' 시간을 거쳐 '칼 같은 저녁 추위'와 '회색빛 어둠'까지의 시간적 경과를 담고 있다. 그렇다고 자연적 시간의 흐름을 단지 묘사하는 데 그치지는 않는다. 화자가 현실을 대하는 암울한 정서가 동원된 소재의 묘사를 감싸며 흐르고 있다. "요란한 자동차 경적이 쉼 없이 울리고/ 조합장 선거를 알리는 플래카드가/ 나뭇가지에서 느릿느릿 펄럭인다"라든지, "만선인데도 아무도 환호하지 않는다/ 아니, 터진 환호는 공중에 머무른다"나 "길게 뻗은 아스팔 트에는 불빛이 질펀하다/ 감금되었던 사건이 마침내 터질 것만 같다" 등과 같은 구절에 그러한 정서가 깊이 드리워 있다. 그것이 구체적으로 어부들의 어려움이라든지 조합장 선거에서 흔하게 나타나는 시대 현실에 대한 아픔에서 파생한 것인지는 알 수 없지만, 암울한 현실에 대한 서정의 인식인 것은 확실하다.

시는 묘사를 위주로 하는 양식이다. 그렇다고 대상이나 현실을 단순하게 스케치하는 것이 아니다. 결국, 그 묘사 속에 시인의 서정과 인식을 담아내는 것이다. 「오일장」과 「겨울 부두」는 상투적이거나 단순한 풍경묘사가 아니라 대상과 서정이 결합한 살아있는 풍경화 시의 한 전형을 잘 보여주고 있다.

2. 미세한 관찰과 섬세한 묘사로 구축해낸 이미지 형상

'일상에서 마주친 작은 울림의 풍경화'에 이어 김병택 시인의 시편들이 보여주는 두 번째 특질은 '미세한 관찰과 섬세한 묘사로 구축해낸 이미지 형상'이다.

한 편의 시작품을 그 시의 구조 전체로 밝힐 때, 시를 구성하는 가장 중요한 요소가 되는 것은 이미지다. 시를 '말로써 이루어진 그림'이라든지, 심상心象이라는 한자어 번역처럼 '마음속에 그리는 언어에 의한 그림'이라고 말하는 것은 곧 이미지를 지칭하는 것이다. 관념적이고 추상적인 것이 시작품 속에서 개성적이고 구체적인 것으로 밝혀지고, 그 작품 속에서만의 독특한 의미를 지니게 되는 것은 바로 이미지를 통해서 가능해진다. 그만큼 관념의 구체화로서의 이미지는 대상과 서정의 시적 조응을 통해 시작품에 표상된 시인의 미적 경험이다. 독자는 바로 이 시인의 미적 경험이 응축된 시어나 이미지와 소통하면서 공감하고 감동하게 되는 것이다.

김병택 시인은 이미지가 담당하는 이러한 특질과 작품 속에서의 기능을 너무나 잘 이해하고 있을 뿐만 아니라, 이미지가 그려내는 의미조형을 자신만의 개성적이고 창의적인 구사력으로 시작품 속에 구축해내고 있다. 그것은 무엇보다 미세한 관찰과 섬세한 묘사에 대한 열중과 역량에서 온다. 그 결과물을 다음의 부분들을 통해 확인해 보자.

> 한 떼의 바람이 수채화 가득한
> 가을 하늘을 가로지른다
> 작은 새들도 부리에 아침을 문 채
> 아슬하게 비끼며 날아간다
>
> —「흩어지는 저녁」에서

> 엎드린 자세로 가을이 다가왔다
> 천천히 마음을 가다듬는 이 시간에
>
> 여름의 흔적을 지우는 풀벌레 소리
> 긴 바람이 일으키는 물결 소리가
> 꿈속의 노래처럼 아득하게 들렸다
>
> 공중으로 높이 솟아올라 흔들리는
> 여린 가지의 나뭇잎들 사이로
> 미끄러지듯 날아가는 작은 새들의

몸짓을 오랫동안 바라보았다

—「엎드린 자세로 가을이」에서

바다에 누운 섬이 하얗게 바뀌었다
바람이 불 때마다 조금씩 흔들렸고
파도의 진폭은 억울한 사람의 생애처럼
고비마다, 마디마다 자주 달랐다
좌초한 영혼이 숨을 쉬고 있는 듯했다

—「작은 섬」에서

「흩어지는 저녁」에서 만날 수 있는 '수채화 가득한' 가을 하늘과 '부리에 아침을 문' 작은 새들은 묘사 자체로도 매우 신선하고 이채롭다. 여기에 두 대상의 절묘한 상호조응, 즉 바람이 가로지른 가을 하늘을 작은 새들이 "아슬하게 비끼며 날아간다"라는 표현은 미세한 관찰과 섬세한 교직交織의 시적 역량을 잘 보여준다.

「엎드린 자세로 가을이」에서도, "엎드린 자세로 가을이 다가왔다"라는 표현이라든지 "여름의 흔적을 지우는 풀벌레 소리" 등에서 느낄 수 있는 감정을 이입한 수식 어구들은 그 자체로 김병택 시인의 독창적인 수사기법을 여실하게 잘 보여주는 예라고 할 수 있다. 아울러 '풀벌레 소리→물결 소리→꿈속의 노래'로 이어지는 과정은 물론, '흔들리는 여린 가지의 나뭇잎들'과 '날아가는 작은 새들의 몸짓'으로 이어지는 접속은 이미지들의 상호조응과 흐름까지를 상징적으로 형상화하고 있다.

이어서 「작은 섬」에서는 또 다른 모습의 이미지 조형을 보여준다. 바람이 불 때마다 작은 섬에 부딪히는 '파도의 진폭'을 '바다에 누운 섬을 하얗게 바꾸고' → '억울한 사람의 생애처럼 고비마다 자주 달랐으며' → 마침내는 '좌초한 영혼이 숨을 쉬고 있는 듯했다'라고 표현함으로써 '섬 → 생애 → 영혼'으로 넓고 깊게 펼쳐나가고 있다. 이는 원관념인 '파도의 진폭'에 대한 보조관념의 확산이며, 의미의 풍요로움을 더하는 이미지가 그려내는 의미조형이다.

지금까지 살펴본 작품 이외에도 김병택 시인이 미세한 관찰과 섬세한 묘사로 구축해낸 이미지 형상들을 그의 작품 도처에서 얼마든지 확인해 볼 수 있다. 그만큼 개성적 이미지 조형이 시의 구성에서 얼마나 중요한 요소인가를 시인 자신이 너무나 잘 알고 있다는 증거일 것이다.

그러나 우리가 시에서 이미지를 주목하는 것은 신선하고 창의적인 이미지 형상 자체에 있는 것은 결코 아니다. 이미지의 진정한 가치는 시의 전체적 문맥과 구조를 통해서만 파악될 수 있다. 아무리 새롭고 참신한 이미지 구사가 이루어졌다고 하더라도, 그것이 시의 구조 속에서 이미지로서의 기능을 제대로 수행할 수 있어야만 비로소 그 가치를 얻는다. 다시 말해서 의미융합을 통한 의미론적 변용이나 새롭게 구축된 의미망을 이루어내지 못한다면 결코 시적 이미지라고 할 수 없다.

김병택 시인의 다음 작품은 이미지의 진정한 가치와 관련하여도 결코 우려하지 않아도 된다는 사실을 잘 보여준다.

바람이 초가집 주위를 휘돌 때
몸을 움츠리던 달맞이꽃이
밤의 색깔을 가르며 꽃을 피웠다

하늘을 향해 일미터 높이로 서서
둥근 모양으로 쌓인 노란색의 외로움을
오랜 시간 곱씹는 게 자주 보였다

때론 세상을 인내하는 사람의 자세로
서늘한 밤의 파수꾼이 되기도 했지만
돌방아 속의 곡식보다 더 거친 삶을
좀처럼 잊지 못하는 기색이었다

따뜻한 달빛 풍성하게 내리는 날
내가 웃는 얼굴로 슬며시 다가가면
지난 일 묻고 이야기할 수 있을까

일하는 시간이 모자라 겨우
밤이 되어서야 달을 보며 숨을 고르시던
정미년생 내 어머니를 닮은 꽃
누가 볼세라 다소곳이 피어 있는 꽃

—「밤의 달맞이꽃」 전문

제목대로 '밤의 달맞이꽃'을 제재로 하고 있는 이 작품은 김병택 시인의 신선하고 참신한 이미지 구사력은 물론, 시의 구조 속에서 의미융합을 통한 의미의 변용과 확산이라는 이미지의 기능을 잘 실천해 보여준다.

1연의 "바람이 초가집 주위를 휘돌 때/ 몸을 움츠리던 달맞이꽃이/ 밤의 색깔을 가르며 꽃을 피웠다"라는 구절은 동원된 모든 시어(대상)들이 함께 어우러져 이루어진 감각적 이미지이며 그 자체로 매우 신선하고 참신하다. 초가집 주위를 휘도는 '바람'과 밤의 색깔을 가르며 꽃을 피우는 '달맞이꽃'이 언뜻 보면 병치되어 있는 듯하지만, 사실은 함께 어우러져 동시에 일어나는 현상이다. 그만큼 섬세한 이미지들이 아름다운 합주合奏를 이루어내고 있다.

이어서 밤의 달맞이꽃이 시적 대상으로 인식되면서, 계속해서 시공간은 확산되고 새로운 의미를 탄생시키고 있다. 즉 '밤의 색깔을 가르며 핀 꽃'이 '둥근 모양으로 쌓인 노란색의 외로움'을 오랜 시간 곱씹고 있으며(2연), '돌방아 속의 곡식보다 더 거친 삶'을 인내하며 살아온 사람의 자세까지 확산한다(3연). 시의 전체적 문맥과 구조는 이러한 과정을 통해 의미융합과 변용을 거치면서 새로운 의미망을 창출해낸다.

이 작품의 백미는 오히려 시적 화자가 드러나는 4연과 5연에 있다. 4연에는 '지난 일 묻고 이야기할 수' 있기를 바라는 화자의 마음이 나타나 있다. 이어서 5연의 "일하는 시간이 모자라 겨우/ 밤이 되어서야 달을 보며 숨을 고르시던/ 정미년생 내 어머니를 닮은 꽃"은 이 작품의 주제를 응축하는 부분이다. 이 시는 곧 밤의 달맞이꽃에서 발견한 시적 의미들을 융합하고 변용시켜 '누가 볼세라 다소곳이 피어 있는' 어머니 꽃을 피워낸 것이다.

서정시란 본질적으로 어떤 대상의 기술이나 재현이 아니라 주관적 경험의 자기표현이다. 시인이 선택하여 형상해내는 대상과 현실의 새롭고 낯선 모습들은 결국 시인의 내적 세계를 표현하기 위한 제재이다. 앞서 살펴본 「밤의 달맞이꽃」도 '달맞이꽃'의 기술이나 재현이 아니라 시인의 내적 정서나 어머니에 대한 그리움이라는 주제를 표현하기 위한 재료이다. 결국, 이 작품에 동원된 다양한 모습의 섬세한 이미지들은 상호조응하면서 아름다운 합주合奏를 통해 어머니에 대한 그리움의 정서를 연주하고 있는 것이다.

3. 동일성의 회복을 위한 끊임없는 자아탐색

'일상에서 마주친 작은 울림의 풍경화'와 '미세한 관찰과 섬세한 묘사로 구축해낸 이미지 형상'에 이어 김병택 시인의 시편들이 보여주는 세 번째 특질은 '동일성의 회복을 위한 끊임없는 자아탐색'이다. 이러한 그의 시적 특질을 가장 잘 보여주고 있는 작품이 「내가 열중하는 작업」이다.

겨울날 아침, 내게 장작을 패는 일이 주어졌다 뒤뜰에 널브러진 뭉텅한 시간들이 언제든지 함께 찍힐 태세로 기다리고 있는 듯했다 도끼를 잡은 오른손으로 나무토막을 힘껏 내리찍은 뒤 고개를 들었을 때, 나는 저쪽에서 내게로 다가오는 꽤 익숙한 얼굴을 보았다 나는 또 얼어붙은 공기를 헤치며, 팬 장작을 창고로 옮기기 위해 허리를 약간 구부렸다 폈다 하는 동작을 반복하기도 했는데, 그때는 '다른 얼굴'이 바로 내 옆에서 그런 나를 지켜보고 있었다

잠시라도 나와 마주하기를 기대했을 것 같은 '또 다른 얼굴들'에 대해서도 말해야 하리라 그것은 최소한 한 자리를 넘는 숫자였다 내가 패야 할 장작 분량이 엄청났으므로, 나는 다가오는 '또 다른 얼굴들'과 일일이 마주할 수가 없었다 하지만 나는 '또 다른 얼굴들'을 모조리 머릿속에 담아 두었다 얼굴에 대한 관찰이야말로 내가 열중하는 작업이었다

—「내가 열중하는 작업」 전문

'겨울날 아침, 내게 장작을 패는 일이 주어졌다'라는 에피소드로 시작하는 이 작품은 장작을 패는 모티프를 통해 끊임없는 자아탐색의 모습을 비유적으로 형상하고 있다. "뒤뜰에 널브러진 뭉텅한 시간들이 언제든지 함께 찍힐 태세로 기다리고 있는 듯했다"라는 구절은 '장작'의 원관념과 '뒤뜰에 널브러진 뭉텅한 시간들'의 보조관념이 결합한 매우 신선한 이미지 형상이다. 이는 곧 김병택 시인의 개성적이고 창의적인 이미지 구사력을 다시

금 체감하게 한다.

그리고 '익숙한 얼굴' → '다른 얼굴' → '또 다른 얼굴들'로 이어지는 과정은 동일성 회복을 향해 끊임없이 자기 존재를 탐색해 가는 모습을 상징적으로 보여준다. 또한 "얼어붙은 공기를 헤치며"라든지 "내가 패야 할 장작 분량이 엄청났으므로"와 같은 구절에서는 역경과 고난으로 이어져 온 삶의 여정을 비유적으로 표현하고 있다. 비록 바로 내 옆에서 나를 지켜보고 있는 '다른 얼굴'과 일일이 마주할 수가 없는 '또 다른 얼굴들'이라 하더라도, 어차피 삶의 여정은 곧 끊임없는 자아탐색과 확인의 과정이라는 시적 인식을 담고 있는 것이다.

동일성의 회복을 위한 끊임없는 자아탐색은 다음과 같은 작품에서도 잘 나타난다.

어떤 얼굴은 짐짓 숨죽인 자세로
내 곁을 잠시 맴돌다 사라졌다

그것은 작은 상실감으로 이어졌다

십여 년 전, 어느 해 봄날에
광장에서 만난 또 다른 얼굴은
젊은 시절을 즉시 떠올리게 했다

맑은 청량감까지 불러일으켰다

거친 계단을 하나 둘 오르면서
신짜 얼굴은 가슴속에 있다고
나를 향해 자주 중얼거리곤 했다

—「만나지 못한 얼굴」에서

발걸음에 수평이 허용되지 않아도
시커먼 구름이 하늘에 떠돌아도
포기하는 것은 아예 생각하지 않았다
우리가 지금 애써 찾고 있는 곳은
걷고 있는 사막의 원형이었다
바람을 일으키고야 말 고요함이
주위를 온통 감싸고 있었다
다시 태양이 일렁이기 시작했다
강하고 두려운 빛의 물결이었다
오아시스도, 그늘을 만드는 나무도
시야로는 빨리 들어오지 않았다
쉬지 말고 사막을 건너야 할 이유와
삶의 사막을 건너야 할 이유 사이에는
조금의 차이도 존재하지 않았다

—「사막을 걸으며」에서

「만나지 못한 얼굴」에서는 숨죽인 자세로 내 곁에 잠시 맴돌다 사라진 '어떤 얼굴'과 십여 년 전, 어느 해 봄날에 광장에서 만난 '또 다른 얼굴'을 묘사하고 있다. 어떤 얼굴은 '상실감'으로 이어지고, 또 다른 얼굴은 젊은 시절을 떠올리게 하여 '맑은 청량감'을 불러일으켰다. 그만큼 삶의 여정에서 끊임없이 마주치는 다양한 모습의 얼굴을 상징적으로 표현한 것이다. 따라서 이어지는 연에서 "거친 계단을 하나둘 오르면서"는 힘든 세상사와 마주치면서 또는 인생을 살아가면서 정도로 읽을 수 있을 것이다. 결국 '진짜 얼굴'은 가슴 속에 있다고 깨달으면서 삶을 오르내리는 모습이다.

「사막을 걸으며」는 동일성의 회복을 향한 자아탐색의 여정을 신화적 이미지로까지 확산한 경우로 볼 수 있다. "우리가 지금 애써 찾고 있는 곳은/ 걷고 있는 사막의 원형이었다"라는 구절을 통해서 알 수 있듯이, 자아탐색을 곧 '걷고 있는 사막의 원형'으로 이미지화한 것이다. 따라서 "발걸음에 수평이 허용되지 않아도/ 시커먼 구름이 하늘에 떠돌아도" 결코 포기할 수 없는 신화적 인간상이 이 작품의 근간을 이루고 있다. "쉬지 말고 사막을 건너야 할 이유와/ 삶의 사막을 건너야 할 이유 사이에는/ 조금의 차이도 존재하지 않았다"라는 구절에서 알 수 있듯이, 삶은 쉬지 말고 건너가야만 하는 사막이라는 인식인 것이다. 이는 곧 우리에게 '걷는 것은 숙명'이라는 시지프스 신화를 상기시킨다.

4. 자유로운 서정의 비상飛翔을 기대하며

이미 살펴본 바처럼, 김병택 시인은 대체로 소소한 일

상에서 시의 제재를 얻고 있다. 일상에서 마주친 작은 울림을 시로 형상화하는 것이다. 그렇다고 단순하고 상투적인 풍경묘사 정도에 그치지 않는다. 그 일상적 대상과 현실을 새롭고 신선한 의미로 재탄생시켜 새로운 감동을 들려준다. 그의 이러한 시적 역량은 미세한 관찰과 섬세한 묘사로 구축해내는 이미지 형상 능력 덕분이다.

또한, 시 창작의 에너지는 이상과 현실의 괴리에서 발생하는 강한 동일성의 상실감에서 유발된다는 사실을 증언이라도 하듯이, 동일성의 회복을 위한 끊임없는 자아탐색의 다양한 모습을 보여준다. 우리는 바로 김병택 시인의 그러한 회복에의 열망을 담아낸 시작품을 통해 엿들으면서 공감하고 감동하며 치유받는 것이다. 그의 시가 하는 말이나 시적화자의 목소리를 경청하면서 처음에 제기했던 질문, 즉 '시를 왜 읽는가?'에 대한 어렴풋한 해답을 찾을 수 있게 되었다. 그리고 '무엇인가를 결심하는 젊은이'와 영락없이 닮은 '멀구슬나무'의 희망(「멀구슬나무의 희망」에서)을 아침마다 집을 나서며 보고 있는 시인도 만날 수 있었다.

더러 지나치게 교시적이거나 시대현실을 의식한 알레고리 시가 눈에 띄는 것은 연륜 탓인가. 물론 그것도 시의 기능 중의 하나일 것이지만, 서사적 설명은 자칫 시적 긴장감이나 시어의 탄력도를 떨어트릴 수 있으니 어디까지나 시작품의 배경으로 활용되기를 기대한다. 대학에서 교수로, 그것도 시와 비평을 가르쳐온 시 이론가가 시를 창작할 때 얼마나 머뭇거렸을까. 시인의 말처럼 '완벽한 시'는 어디에도 존재할 수 없으니, 이제 그러한 망설임에서 자유로워져도 괜찮다고 속삭여주고 싶다. 늘 신인이라는 마음만 잃지 않는다면.

김병택 시인이 가장 많이 선택하고 있는 소재 중의 하나가 '바람'이다. 그의 시 도처에서 발견되는 '바람'이 앞으로 그가 창작하는 시에서 '연鳶'을 더 멀리 날려주기를 기대한다. 연을 하늘 높이 잘 날아오르게 하려면 연줄을 팽팽하게 하고 바람에 따라 얼레의 줄을 당기고 풀어주는 기술이 가장 중요하다. 김병택 시인이 다져온 시의 이론이 그 역할을 충분히 잘 수행하고 있음을 그의 작품 도처에서 발견하게 된다. 그러나 연날리기의 마지막 절정은 연줄을 끊어 연을 허공으로 날려 보내는 것이다. 이제 김 시인이 자신의 시를 시의 이론이라는 얼레에서 놓아줄 때가 되었다고 생각한다. 그때 비로소 김병택 시인의 시작품들은 온전한 자유의 서정으로 더 높이 더 멀리 비상하게 되리라.

백운복 1982년 〈동아일보〉 신춘문예와 월간 『시문학』을 통해 문학평론가로 등단. 서강대 대학원에서 현대시론 연구로 문학박사 학위 취득. 연구 저서로는 『서정의 매듭풀이』 『현대시의 논리와 변명』 『한국현대시론』 등이, 시집으로는 『아름다운, 너무나 아름다운 세상』 『그래도 세상은 여전히 아름답다』 등이 있음. 현재, 서원대 명예교수

황금알 시인선

01 정완영 시집 | 구름 山房산방
02 오탁번 시집 | 손님
03 허형만 시집 | 첫차
04 오태환 시집 | 별빛들을 쓰다
05 홍은택 시집 | 통점痛點에서 꽃이 핀다
06 정이랑 시집 | 떡갈나무 잎들이 길을 흔들고
07 송기흥 시집 | 흰빰검둥오리
08 윤지영 시집 | 물고기의 방
09 정영숙 시집 | 하늘새
10 이유경 시집 | 자갈치통신
11 서춘기 시집 | 새들의 밥상
12 김영탁 시집 |새소리에 몸이 절로 먼 산 보고 인사하네
13 임강빈 시집 | 집 한 채
14 이동재 시집 | 포르노 배우 문상기
15 서 량 시집 | 푸른 절벽
16 김영찬 시집 | 불멸을 힐끗 쳐다보다
17 김효선 시집 | 서른다섯 개의 삐걱거림
18 송준영 시집 | 습득
19 윤관영 시집 | 어쩌다, 내가 예쁜
20 허 림 시집 | 노을강에서 재즈를 듣다
21 박수현 시집 | 운문호 붕어찜
22 이승욱 시집 | 한숨짓는 버릇
23 이자규 시집 | 우물치는 여자
24 오창렬 시집 | 서로 따뜻하다
25 尹錫山 시집 | 밥 나이, 잠 나이
26 이정주 시집 | 홍등
27 윤종영 시집 | 구두
28 조성자 시집 | 새우깡
29 강세환 시집 | 벚꽃의 침묵
30 장인수 시집 | 온순한 뿔
31 전기철 시집 | 로깡땡의 일기
32 최을원 시집 | 계단은 잠들지 않는다
33 김영박 시집 | 환한 물방울
34 전용직 시집 | 붓으로 마음을 세우다
35 유정이 시집 | 선인장 꽃기린
36 박종빈 시집 | 모차르트의 변명
37 최춘희 시집 | 시간 여행자
38 임연태 시집 | 청동물고기
39 하정열 시집 | 삶의 흔적 돌
40 김영석 시집 | 거울 속 모래나라
41 정완영 시집 | 詩菴시암의 봄
42 이수영 시집 | 어머니께 말씀드리죠
43 이원식 시집 | 친절한 피카소
44 이미란 시집 | 내 남자의 사랑법法
45 송명진 시집 | 착한 미소
46 김세형 시집 | 찬란을 위하여
47 정완영 시집 | 세월이 무엇입니까
48 임정옥 시집 | 어머니의 완장
49 김영석 시선집 | 모든 구멍은 따뜻하다
50 김은령 시집 | 차경借憬
51 이희섭 시집 | 스타카토
52 김성부 시집 | 달항아리
53 유봉희 시집 | 잠깐 시간의 발을 보았다
54 이상인 시집 | UFO 소나무
55 오시영 시집 | 여수麗水
56 이무권 시집 | 별도 많고
57 김정원 시집 | 환대
58 김명린 시집 | 달의 씨앗
59 최석균 시집 | 수담手談
60 김요아킴 야구시집 | 왼손잡이 투수
61 이경순 시집 | 붉은 나무를 찾아서
62 서동안 시집 | 꽃의 인사법
63 이여명 시집 | 말뚝
64 정인목 시집 | 짜구질 소리
65 배재열 시집 | 타전
66 이성렬 시집 | 밀회
67 최명란 시집 | 자명한 연애론
68 최명란 시집 | 명랑생각
69 한국의사시인회 시집 | 닥터 K
70 박장재 시집 | 그 남자의 다락방
71 채재순 시집 | 바람의 독서
72 이상훈 시집 | 나비야 나비야
73 구순희 시집 | 군사 우편
74 이원식 시집 | 비둘기 모네
75 김생수 시집 | 지나가다
76 김성도 시집 | 벌락마을
77 권영해 시집 | 봄은 경력 사원
78 박철영 시집 | 낙타는 비를 기다리지 않는다
79 박윤규 시집 | 꽃은 피다
80 김시탁 시집 | 술 취한 바람을 보았다
81 임형신 시집 | 서강에 다녀오다
82 이경아 시집 | 겨울 숲에 들다
83 조승래 시집 | 하오의 숲
84 박상돈 시집 | 와! 그때처럼
85 한국의사시인회 시집 | 환자가 경전이다
86 윤유점 시집 | 내 인생의 바이블 코드
87 강석화 시집 | 호리천리
88 유 담 시집 | 두근거리는 지금
89 엄태경 시집 | 호랑이를 탔다
90 민창홍 시집 | 닭과 코스모스
91 김길나 시집 | 일탈의 순간
92 최명길 시집 | 산시 백두대간
93 방순미 시집 | 매화꽃 펴야 오것다

94 강상기 시집 | 콩의 변증법
95 류인채 시집 | 소리의 거처
96 양아정 시집 | 푸줏간집 여자
97 김명희 시집 | 꽃의 타지마할
98 한소운 시집 | 꿈꾸는 비단길
99 김윤희 시집 | 오아시스의 거간꾼
100 니시 가즈토모(西一知) 시집 | 우리 등 뒤의 천사
101 오쓰보 레미코(大坪れみ子) 시집 | 달의 얼굴
102 김 영 시집 | 나비 편지
103 김원옥 시집 | 바다의 비망록
104 박 산 시집 | 무야의 푸른 샛별
105 하정열 시집 | 삶의 순례길
106 한선자 시집 | 울어라 실컷, 울어라
107 김영철 어린이시조집 | 마음 한 장, 생각 한 겹
108 정영운 시집 | 딴청 피우는 여자
109 김환식 시집 | 버팀목
110 변승기 시집 | 그대 이름을 다시 불러본다
111 서상만 시집 | 분월포芬月浦
112 잇시키 마코토(一色真理) 시집 | 암호해독사
113 홍지헌 시집 | 나는 없네
114 우미자 시집 | 첫 마을에 닿는 길
115 김은숙 시집 | 귀띔
116 최연홍 시집 | 하얀 목화꼬리사슴
117 정경해 시집 | 술항아리
118 이월춘 시집 | 감나무 맹자
119 이성률 시집 | 둘레길
120 윤범모 장편시집 | 토함산 석굴암
121 오세경 시집 | 발톱 다듬는 여자
122 김기화 시집 | 고맙다
123 광복70주년,한일수교 50주년 기념 한일 70인 시선집 | 생의 인사말
124 양민주 시집 | 아버지의 늪
125 서정춘 복간 시집 | 죽편竹篇
126 신승철 시집 | 기적 수업
127 이수익 시집 | 침묵의 여울
128 김정윤 시집 | 바람의 집
129 양 숙 시집 | 염천 동사炎天 凍死
130 시문학연구회 하로동선夏爐冬扇 시집 | 안개가 자욱한 숲이다
131 백선오 시집 | 월요일 오전
132 유정자 시집 | 무늬
133 허윤정 시집 | 꽃의 어록語錄
134 성선경 시집 | 서른 살의 박봉 씨
135 이종만 시집 | 찰나의 꽃
136 박중식 시집 | 산곡山曲
137 최일화 시집 | 그의 노래
138 강지연 시집 | 소소
139 이종문 시집 | 아버지가 서 계시네
140 류인채 시집 | 거북이의 처세술
141 정영선 시집 | 만월滿月의 여자
142 강흥수 시집 | 아비
143 김영탁 시집 | 냉장고 여자
144 김요아킴 시집 | 그녀의 시모노세끼항
145 이원명 시집 | 즈믄 날의 소묘
146 최명길 시집 | 히말라야 뿔무소
147 시문학연구회 하로동선夏爐冬扇 시집 2 | 출렁, 그대가 온다
148 손영숙 시집 | 지붕 없는 아이들
149 박 잠 시집 | 나무가 하늘뼈로 남았을 때
150 김원욱 시집 | 누군가의 누군가는
151 유자효 시집 | 꼭
152 김승강 시집 | 봄날의 라디오
153 이민화 시집 | 오래된 잠
154 이상원李相源 시집 | 내 그림자 밟지 마라
155 공영해 시조집 | 아카시아 꽃숲에서
156 미즈타 노리코(水田宗子) 시집 | 귀로
157 김인애 시집 | 흔들리는 것들의 무게
158 이은심 시집 | 바닥의 권력
159 김선아 시집 | 얼룩이라는 무늬
160 안평옥 시집 | 불벼락 치다
161 김상현 시집 | 김상현의 밥詩
162 이종성 시집 | 산의 마음
163 정경해 시집 | 가난한 아침
164 허영자 시집 | 투명에 대하여 외
165 신병은 시집 | 곁
166 임채성 시집 | 왼바라기
167 고인숙 시집 | 시련은 깜찍하다
168 장하지 시집 | 나뭇잎 우산
169 김미옥 시집 | 어느 슈퍼우먼의 즐거운 감옥
170 전재욱 시집 | 가시나무새
171 서범석 시집 | 짐작되는 평촌역
172 이경아 시집 | 지우개가 없는 나는
173 제주해녀 시조집 | 해양문화의 꽃, 해녀
174 강영은 시집 | 상냥한 시론詩論
175 윤인미 시집 | 물의 가면
176 시문학연구회 하로동선夏爐冬扇 시집 3 | 사랑은 종종 뒤에 있다
177 신태희 시집 | 나무에게 빚지다
178 구재기 시집 | 휘어진 가지
179 조선희 시집 | 애월에 서다
180 민창홍 시집 | 캥거루 백bag을 멘 남자
181 이미화 시집 | 치통의 아침
182 이나혜 시집 | 눈물은 다리가 백 개
183 김일연 시집 | 너와 보낸 봄날
184 장영춘 시집 | 단애에 걸다
185 한성례 시집 | 웃는 꽃
186 박대성 시집 | 아버지, 액자는 따스한가요

187 전용직 시집 | 산수화
188 이효범 시집 | 오래된 오늘
189 이규석 시집 | 갑과 을
190 박상옥 시집 | 끈
191 김상용 시집 | 행복한 나무
192 최명길 시집 | 아내
193 배순금 시집 | 보리수 잎 반지
194 오승철 시집 | 오키나와의 화살표
195 김순이 시선집 | 제주야행濟州夜行
196 오태환 시집 | 바다, 내 언어들의 희망 또는 그 고통스러운 조건
197 김복근 시조집 | 비포리 매화
198 시문학연구회 하로동선夏爐冬扇 시집 4 | 너에게 닿고자 불을 밝힌다
199 이정미 시집 | 열려라 참깨
200 박기섭 시집 | 키 작은 나귀 타고
201 천리(陳黎) 시집 | 섬나라 대만島/國
202 강태구 시집 | 마음의 꼬리
203 구명숙 시집 | 뭉클
204 옌즈(閻志) 시집 | 소년의 시少年辞
205 문학청춘작가회 동인지 2 | 그날의 그림자는 소용돌이치네
206 함국환 시집 | 질주
207 김석인 시조집 | 범종처럼
208 한기팔 시집 | 섬, 우화寓話
209 문순자 시집 | 어쩌다 맑음
210 이우디 시집 | 수식은 잊어요
211 이수익 시집 | 조용한 폭발
212 박　산 시집 | 인공지능이 지은 시
213 박현자 시집 | 아날로그를 듣다
214 시문학연구회 하로동선夏爐冬扇 시집 5 | 너를 버리자 내가 돌아왔다
215 박기섭 시집 | 오동꽃을 보며
216 박분필 시집 | 바다의 골목
217 강흥수 시집 | 새벽길
218 정병숙 시집 | 저녁으로의 산책
219 김종호 시선집
220 이창하 시집 | 감사하고 싶은 날
221 박우담 시집 | 계절의 문양
222 제민숙 시조집 | 아직 괜찮다
223 문학청춘작가회 동인지 3 | 고양이가 앉아 있는 자세
224 신승준 시집 | 이연당집怡然堂集 · 下
225 최　준 시집 | 칸트의 산책로
226 이상원 시집 | 변두리
227 이일우 시집 | 여름밤의 눈사람
228 김종규 시집 | 액정사회
229 이동재 시집 | 이런 젠장 이런 것도 시가 되네
230 전병석 시집 | 천변 왕버들
231 양아정 시집 | 하이힐을 믿는 순간
232 김승필 시집 | 옆구리를 수거하다
233 강성희 시집 | 소리, 그 정겨운 울림
234 김승강 시집 | 회를 먹던 가족
235 김순자 시집 | 서리꽃 진자리에
236 신영옥 시집 | 그만해라 가을산 무너지겠다
237 이금미 시집 | 바람의 연인
238 양문정 시집 | 불안 주택에 거居하다
239 오하룡 시집 | 그 너머의 시
240 문학청춘작가회 동인지 4 | 참꽃
241 민창홍 시집 | 고르디우스의 매듭
242 김민성 시조집 | 간이 맞다
243 김환식 시집 | 생각이 어둑어둑해질 때까지
244 강덕심 시집 | 목련, 그 여자
245 김유 시집 | 떨켜 있는 삶은
246 정드리문학 제10집 | 바람의 씨앗
247 오승철 시조집 | 사람보다 서귀포가 그리울 때가 있다
248 고성진 시집 | 솔동산에 가 봤습니까
249 유자효 시집 | 포옹
250 곽병희 시집 | 도깨비바늘의 짝사랑
251 한국 · 베트남 공동시집 | 기억의 꽃다발, 짙고 푸른 동경
252 김석렬 시집 | 여백이 있는 오후
253 김석 시집 | 괜찮다는 말 참, 슬프다
254 박언휘 시집 | 울릉도
255 임희숙 시집 | 수박씨의 시간
256 허형만 시집 | 만났다
257 최순섭 시집 | 플라스틱 인간
258 김미옥 시집 | 목련을 빚는 저녁
259 전병석 시집 | 화본역
260 엄영란 시집 | 장미와 고양이
261 한기팔 시집 | 겨울 삽화
262 문학청춘작가회 동인지 5 | 파킨슨 아저씨
263 강흥수 시집 | 비밀번호 관리자
264 오승철 시조집 | 다 떠난 바다에 경례
265 김원옥 시집 | 울다 남은 웃음
266 서정춘 복간 시집 | 죽편竹篇
267 (사)한국시인협회 | 경계境界
268 이돈희 시선집
269 한국의사시인회 시집 | 바람의 이름으로
270 김병택 시집 | 서투른 곡예사